外交的思考

北岡伸一
KITAOKA Shinichi

千倉書房

外交的思考

◆

目次

第3章

バッターボックスに立て！ 143

ダルフールにて（2006年6月）
安保理視察ミッション

第1章

外交的思考

国民感情というもの

先日、アメリカの外交文書を調べていたら、昔読んで感心した文書に再会した。それは、一九五七年四月十七日、ダグラス・マッカーサー駐日大使（マッカーサー元帥の甥《おい》）が、国務省に送った電報である。

その年着任したばかりのマッカーサー大使を悩ませていたのは、ジラード事件だった。一月三十日に米兵ジラードが、米軍演習地内で薬莢《やっきょう》拾いをしていた女性を射殺した事件によって、日本中に反基地、反米感情が高まっていた。事件当時外務大臣だった岸信介は、石橋湛山《たんざん》首相の病気退陣によって二月末に首相となり、しばしばマッカーサー大使と会っていた。そして四月十三日、二通のメモを渡し、安保条約の欠点の大胆な改善と、沖縄および小笠原の返還を求めるに至った。以下の文は、この岸提案に対するマッカーサーの判断と提言である。

「アメリカは対日関係において一つの転換点に到達している。……もしわれわれが根本的な諸問題に向き合って、この潮流を建設的な方向に向けようとしなければ、アメリカの立場は次の数年間に徐々にゆらいでいくだろう」

「岸は、有能で野心的で熟達した政治家である。……彼は『国民感情』を背景に前進することを決意している。私は岸が日米関係強化の方向に進むことを好むと信じている。……しかし、もしわれわれが新しい関係の核心に取り組むのではなく、問題を回避したり、処理を遅らせたりすれば、彼は日本を他の方向にリードしようと試みるだろう」

「岸が国民感情と呼ぶのは、西洋的な意味における世論（パブリック・オピニオン）とは違って、日本の指導者の集合的判断であり、西洋的観点からみるとしばしばまったく非論理的であるが、徐々に結晶化して、その上に政策が打ち立てられる、そういうものである」

このように、マッカーサー大使は岸が有能なリーダーであると認め、彼が日米関係を強化することに期待を寄せつつも、アメリカの態度次第では反米、中立の方向に日本をリードする可能性もあると考え、アメリカも硬直した態度をとらずに、日本の希望に真剣に向き合い、安保条約の欠点について検討すべきだと述べたのである。

ここで興味深いのは、「国民感情」についてのマッカーサー大使の分析である。彼は「国民感情」が持つ力は認めている。しかしそれは、しばしばまったく非合理的だという。実際、岸の改定した安保条約は旧条約に比べて格段に優れたものだったが、国民はこれを強行採決した岸を厳しく批判し、退陣に追い込んだ。それも一つの強烈な「国民感情」であった。

現代の日本における強い国民感情といえば、「北朝鮮の拉致《らち》は許せない」だろう。金正日《キムジョンイル》に拉致を認めさせ、不十分にせよ謝罪させたのは、小泉純一郎首相の大きな成果だ。安倍晋三首相の評価を一挙に高めたのも、平壌《ピョンヤン》における官房副長官としての毅然《きぜん》とした態度だった。これで、日本の北朝鮮に対する立場がいかに有利になったか、計り知れない。

しかし、国民感情だけで突っ走ることは考えものである。慎重な国益判断こそが、これを導かなければならない。対北朝鮮政策においてもっとも重要なのは、北朝鮮を日本にとって危険な国でなくすることであろう。拉致だけで突っ走って、この大目標を見失うことになっては、マッカーサーの言う「まったく非合理なもの」になってしまう。そこに国民感情の強さと弱さがある。

もう一つ触れておきたい。国連で拉致を批判するのは良い。私も賛成だ。しかし、他の地域にも多くの拉致があることを忘れてはならない。アフリカなどには、子供を兵士として使う、児童兵問題というものがある。その児童は、しばしば、拉致されてきた子供たちである。日本が北朝鮮の拉致を批判して国連で訴えるからには、アフリカの拉致や児童兵の問題にも強い支援を提供する覚悟がなくてはならない。そういうことは、理解されているだろうか。やや心もとなく感じる次第である。

(「Foresight」二〇〇六年十二月号)

日中歴史共同研究の発足

二〇〇六年の十二月二十六日から二十七日まで、日中歴史共同研究の初会合が北京で開かれた。これは同年十月の日中首脳会談と十一月の外務大臣会談で合意されたもので、二千年の交流と、近代の不幸な歴史と、戦後とをいずれも対象とする。つまり、「不幸な歴史」だけに焦点を当てないようになっている。これを受けて両国とも委員の選任を急ぎ、年末会合にこぎつけた。

私が座長を引き受けたのは次のような理由からである。

日中の間の歴史認識の溝は大きい。しかし、時に実際のギャップ以上に誇張《こちょう》されている。私は、二〇〇五年四月から七月にかけて、国連において日本の歴史認識に対する中国の嵐のような批判に直面した。中国の批判は、著しく誇張されていて、十分反論可能であり、民主主義諸国からは、「中国自身の歴史認識はどうなのか」という疑問が出るほどだった。しかし、それは瞬間風速としては強烈であり、安保理改革を進めようとする日本にとって相当な重荷になった。また、あのような誇張で国民を教育されてはたまらないと痛感した。学者が事実に基づいて対話すれば、もう少しギャップは縮められると思った。

オーストリアのザルツブルクにあるザルツブルク・セミナーという組織（サウンド・オブ・ミュージックの映画の舞台として使われた美しいお城にある）は、その活動の一つとして、「歴史的正義と和解」

というプロジェクトを行なっている。そこでは、世界中の多くの問題が採り上げられている。もっとも難しいケースだと、両当事者が、それぞれの立場を示す地図と年表を交換するだけだという。それでも対話がないよりはいい。もう少しましになると、パラレル・ヒストリーといって、両当事者が、それぞれの側からの歴史を書く。一致はしないが、ただ非難しあっているよりは、ずっとよい。私もしばらく参加した日韓歴史共同研究委員会(二〇〇二～〇五年)では、両方がそれぞれ論文を書いて、相互にコメントして、その一部は取り入れているから、パラレル・ヒストリーの上級版と言ってよいだろう。

いかなる国でも、政治が対応できるのは、現在と将来の問題である。歴史問題でにらみ合えば、そこに到達できない。これは極めて不健全である。外交には永遠の味方も永遠の敵もない。あってはならない。日中の間にも協力して対処すべき問題がいろいろある。こういう感情的対立は、それを不可能にしてしまう。歴史対話を行なうことによって、歴史認識の問題を政治の議題からおろし、政治には政治の仕事をしてもらいたいというのが、私の希望である。

さらに、中国にも新しい動きがないわけではない。胡錦濤《こきんとう》主席は、二〇〇五年九月の演説で、抗日戦争における国民党の役割に言及した。もちろんそこには台湾の国民党に対する配慮があった。にもかかわらず、それは重大な一歩でありうる。さまざまな点で、中国の歴史認識だって、変わるかもしれないのである。

北京の初顔合わせでは、私が提唱して、お互いよく知り合うことから始めよう、一人ずつ、研究歴について、詳しい自己紹介をしようということにした。突然の提案だったが、みんな熱弁をふるった。それは、かなり意味のある時間だった。

中国側委員の多くは、文化大革命のときに下放《かほう》を経験していた。十年近く僻地《へきち》に追われ、農民として過ごしたという人が何人もいた。若い、もっとも有為《ゆうい》な年月を十年奪われるということが、どんなに大変なことか。その中で、彼らは日本語を学び、日本研究によって浮上してきたのである。日中関係が本当に険悪になったら、彼らも困るのである。そういう意味の、日本に対する期待を、彼らからは感じた。

もちろん、楽観などしていない。そもそも大変に難しい問題だし、十分な学問の自由のある国ではない。この先どうなるかは、予断を許さない。それでも、前向きの姿勢は失わないで取り組みたいと思っている。

（「Foresight」二〇〇七年二月号）

国家安全保障会議

政府のもっとも重要な仕事は、国民の安全を守ることである。ところが、国民に対する脅威は、増大の傾向にある。グローバル化の進行にともない、世界中の出来事が日本に影響するようになっている。日本の周囲を見ても、北朝鮮の核やミサイル、中国の軍事的台頭、テロなど、これまでにはなかった種類や規模の脅威が発生している。

もちろん、自然災害など、国内の脅威も重要だ。しかし、より新しく、より準備ができていないのは、外からの脅威の方である。

外からの脅威に備えるのは、まずは外務省や防衛省の仕事である。しかし、以上の例からも分かるとおり、現在では、単独の省庁で対応できる脅威の方が少なくなっている。国力をあげた総合的な取り組みが必要であり、また、そうした脅威が発生しないような良好な国際関係を作ることを視野に入れ、先見性と構想力を持って備えておかなければならない。

ところが、日本はこれが苦手である。組織に対する忠誠心が強すぎる日本では、省庁の間の妥協は容易なことではない。戦前の陸軍と海軍の対立など、有名な例である。陸軍はソ連を、海軍はアメリカを主要仮想敵国として一歩も譲らず、両方に備えるという、実現不可能な愚かな決定をしてしまった。総合的な調整の必要なことは誰もがわかっていたが、ライバルの組織に譲ることだけは、受け入れようとしなかった。

戦後の日本でも、対外的な脅威に総合的に備えるための強力な組織は、置かれなかった。この分野の政策の調整も、いつも後手後手に回り、最後の瞬間に足して二で割るような解決を図ることが多かった。それでも、アメリカの軍事力が圧倒的で、また日本経済が高度成長を続けていたときは、大過はなかった。

しかし、今はそういう時代ではない。テロやならずもの国家などは、アメリカにとっても容易に対応できる存在ではない。その意味で、アメリカは絶対ではない。また日本の人口は減少を始め、経済力も、膨大な財政赤字を抱えたまま、二％程度の成長をかろうじて期待できるに過ぎない。増大する不安に対し、日本は持てる資源を効率的に、つまり戦略的に投入しなければならない。そういう工夫をすべき時期が来ている。

省庁を超えた対外政策を論じる場として、内閣に安全保障会議が置かれている。安全保障会議設置法には、「国防に関する重要事項及び重大緊急事態への対処に関する重要事項を審議する機関」ということになっている。

しかし、その諮問《しもん》事項は限定的であり、何度もつぎはぎを重ねてきたものなので、とても分かりにくい。同法第二条に、国防の基本方針、中期防衛計画など、諮問事項が列挙されているが、普通の人は三、四回読んでも何のことだか分からないだろう。しかも会議の構成メンバーは、閣僚が約十名で、機動性に欠ける。この会議での審議が形骸化しているというのは、誰もが指摘するところである。

以上は、逆でなければならない。すなわち、審議事項は広く、柔軟なものとし、先を見通した議論をすることが必要である。そして構成は少数で機動性を持たねばならない。現在、「官邸の安全保障機能強化に関する会議」では、いわゆる日本版「国家安全保障会議（NSC）」（仮称）の設置について精力的に議論がなされているが、新しい組織は、このような広い委任事項をもち、少数の官僚からなり、機動的なものとなる方向である。

国家安全保障会議は、アメリカのような大規模なものとなるはずはないが、物事を根本的に見直して大胆に考えることは見習う必要がある。

戦後日本の外交史上有名な文書に、米国務省が作成した「NSC13-2」がある。一九四八年十月七日に国家安全保障会議で採択されたもので、それまでの対日政策を明確に転換し、冷戦の激化へ向かう世界情勢の中、日本をアメリカのパートナーとして育成していくことを決定づけた。また、「NSDM13」という文書も有名である。これは、六九年五月二十八日の国家安全保障会議の決定メモであり、ニクソン大統領が、沖縄返還に関し、核抜き本土並み返還も、場合によっては受け入れる、また、七〇年の日米安保は自動延長とするということを決めた重要なものである。彼らは、世界情勢を考え、アジア情勢を考えた上で、ためらわず大胆な決定をしてきたのである。

ところで、閣僚からなる国家安全保障会議が活発に活動するためには、しっかりした事務局が欠かせない。これも、小規模かつ有力なものであってほしい。官僚その他の専門家のベスト・アンド・ブライティスト(最良の人材)を集めた有力な事務局を作ってほしい。ここに必要なのは、一つの文化革命かも知れない。それぞれの所属省庁ではなく、国家と国民の利益を考える知能集団を組織しなければならないということである。

こうした日本版NSCがうまく機能するためには、有効な情報の収集・分析が不可欠である。情報の収集・分析能力の強化については、別の場で議論されているのでここでは触れないが、ともかく国家安全保障会議と情報コミュニティとの間には密接な連携が必要である。

そのさい重要な課題の一つは秘密の保護である。ともかく日本では情報が漏れやすい。これを防ぐために、NSCの内部の人間には、特別に重い守秘義務を課すことが必要だ。また、現在は、情報を取り扱うものには守秘義務があるが、彼らから情報の提供を受けたものがこれを漏洩した場合、処罰する規定がない。これではとても秘密は守れないので、この点も改める必要があるだろう。

もちろん情報の保護は、国民の知る権利との関係で難しい問題だ。私も歴史家なので、情報公開の重要性はよく知っている。しかし、アメリカなどは、日本での秘密の漏洩に神経質で、日本には重要な情報は渡せないということが少なくない。実はこれで損をするのは日本国民である。国民の安全を守ることの方が、国民が今すぐ知る権利よりも、重要ではないだろうか。

国家安全保障会議がうまくいくかどうかは、最後は人の問題である。国家安全保障担当補佐官や、事務局長などの要所に優れた人を得られなければ、大きな成果は望めない。したがって、制度の完璧な設計に時間をかけすぎるのは意味がない。大体の合意が得られれば発足させるべきだろう。

いずれにせよ、国民を守る最終責任者は総理大臣である。外務省、防衛省その他からあがってくる政策を総合判断するのは総理大臣である。それが、有効で先見性を持った判断でありうるよう、常に総理大臣を支える仕組みが必要だということである。

日本人は一体に悲観論が好きである。どうせうまくいかないだろうとか、そんな優秀な人がいるだろうかと、言いたがる。しかし、必要性があるなら、やってみるべきではないか。悲観論をもてあそんでいる余裕は日本にはない。

（「読売新聞」二〇〇七年二月十一日朝刊）

公共政策大学院で培う外交力

かつて文科系の大学院というと、ごく少数の研究者養成のための組織だった。現在、状況は大きく変わりつつある。東京大学法学部でいうと、従来の研究者養成のための大学院以外に、二〇〇四年以来、二つの新しい大学院が設置されている。一つは法律家養成のための法科大学院であり、もう一つは、経済学部との連携による公共政策大学院である。したがって、法学部関係だけで大学院は三種類あり、私は法科大学院以外の二つに関係している。

公共政策大学院は、公共政策の専門家を養成するためのものである。そこには、法政策、公共管理、経済政策、国際公共政策の四つのコースがある。学生の半数以上は他大学の出身である。同様の大学院を設置している大学は、東京大学以外にも、いくつかある。アメリカでは、ハーヴァード大学のケネディ・スクール、コロンビア大学のＳＩＰＡ（School of International and Public Affairs）、プリンストンのウッドロウ・ウィルソン・スクールなどが、もっとも有名なものだ。

こうした公共政策大学院を設置した理由の一つは、世界の学歴事情である。

日本の実務家は通常は学士である。しかし外国では修士は当然で、博士も多い。これは、たとえば国際機関のポスト争いで絶対的に不利である。大学で修士までとって官僚となり、留学中に、できれば博士をとってほしい。また、まだ検討中だが、留学などで修士を取っている実務家に、ミッド・キャリア・プログラムを提供したいと考えている。

もちろん形式だけではない。内容も重要だ。大学の講義や演習だけで、実務の知識が身につくなどと思っているわけではない。しかし、およそ実務がどういう風に行なわれているか、たとえば外交交渉がいかに行なわれるのか、そこにどのような問題点があるのか、ある程度教えることはできる。だいたい、そういうことも知らないで一生の仕事を選ぶのが、変だと思う。かつて日本では、白紙の若者を受け入れて、組織の中で教育し、彼らは終身、その組織にとどまった。そういう時代は過去のものとなりつつある。

実際に教えてみて、やはり現実の外交の歴史的、実証的、理論的基礎を身につけることは重要だと感じる。ほんの一例を挙げれば、今年、東大では、公共政策大学院から外務省に入った学生のほうが、法学部から入った学生よりも多かった。

公共政策大学院では、実務家経験を持つ教員の役割は重要である。たとえば、元外務審議官の田中均氏に客員教授で来てもらっている。彼のもとでＰＳＩ（拡散防止構想）についての論文を書いた学生の論文審査に同席したが、幸運な学生だと思う。また、朝日新聞の船橋洋一氏も、客員教授として、二〇〇六年には北朝鮮問題について授業を担当された。大著『ザ・ペニンシュラ・クエスチョン』（朝日新聞社、現在は朝日文庫）は、ある意味でこのときの公共政策の授業から生まれたと、同書のあとがきに書いてある。

これらの客員教授にも、かなりインテンシヴ（濃密）な授業をお願いしている。タレント教授のカルチャー・センター風のものとは、まったく違うものを目指している。そのために、たとえば船橋氏の授業は藤原帰一教授が熱心にサポートしてくれた。

私の授業は、現代日本外交というものである。今年は、最近関係した二〇〇五年の国連改革の話をかなり採り上げた。そのさなか、一月にアメリカのジョン・ボルトン前国連大使が来日したので、講義をしてもらい、同時に同僚や知り合いの有識者、ジャーナリストに開放して、セミナーとした。どれくらい参加者がいるか、やや不安だったが、立ち見が出る盛況で、学生もよい質問をしてくれた。

この公共政策大学院は生まれたばかりで、知名度も低いし、独自の建物もない。しかし中身はかなり充実している。さらにこれを発展させ、日本の外交力強化の一翼を担ってほしいと思っている。

（「Foresight」二〇〇七年四月号）

朝日「日本の新戦略」への賛と否

朝日新聞は二〇〇七年五月三日の朝刊で、憲法六十周年を記念した提言、「日本の新戦略」を発表した。「地球貢献国家」をキーワードとし、紙面八ページにわたる長大なものである。

これまで朝日新聞は「戦略」という言葉を使うことに消極的で、新聞が政策提言をすること（たとえば読売新聞の憲法関係の提言）にも、批判的だった。今回の提言が従来の方針の転換を意味するなら、歓迎したい。

ただ、私が最初に疑問に感じたのは、これは戦略だろうかということである。

戦略とは、限られた資源をいかに効果的に活用するかということである。ありあまる力や資金があれば、さしたる戦略はいらない。複数の目標の間に優先順序を付し、目標実現のための具体的な方策やコストを検討しなければ、戦略とはいえない。戦前の帝国国防方針は、日本の国力の冷静な計算なしに、陸軍はソ連、海軍は米英を仮想敵国として併記していた。それでは戦略ではなく、目標あるいは願望の羅列《られつ》にすぎない。朝日の新戦略にも、その部分が欠けている。ぜひ、そうした裏づけをこれから発表してほしい。

一番異論があるのは、やはり憲法九条関係の部分である。

たとえば提言は、「戦争放棄を定めた憲法九条」は変えないと書いている。しかし、戦争放棄を定めているのは九条一項である。九条一項は一九二九年の不戦条約に起源を持ち、国連憲章の精神と同様であり、世界がコミットした大原則である。九条一項改正論者は、そんなに多くない。問題は戦力不保持をうたった第二項である。九条一項を擁護することによって、九条全体を擁護するのは話が違う。

また、さかんに九条が世界で評価されていると述べているが、これは疑問だ。外国に、九条の条文と自衛隊の存在を正確に理解している人がどれほどいるだろうか。もし本当に九条が評価されているなら、日本にならって九条二項を取り入れようという国が出てきそうなものである。よく分からないが、日本が自分の手を縛りたいならどうぞご自由にというのが、大多数の外国の態度である。

もう一つ、九条をなくすと、アメリカの圧力に抵抗できなくなるという。戦後初期の保守政権が、しばしば憲法を理由にアメリカの再軍備圧力をかわしてきたのは事実だ。しかし、がんらい政治の判断で進めるべき安全保障問題を、いつまでも制度の欠如のせいにしていては、政治的成熟は望めない。かえって対米従属が続くことになる。

他方で提言は、環境問題について中国を粘り強く説得するとか、中国を法治国家にするために粘り強く説得するなどと書いている。つまり対米交渉にあたる日本政府は極端に無力なのに、中国政府に対する日本政府はすばらしく有能なのである。

私は日本の政治能力、外交能力が世界の諸国と比べて並外れて低いとも、高いとも思わない。しかし提言の政府評価は、ある分野ではまったく無能なのに、他の分野ではほとんど万能と激変する。

戦略の基礎は、彼我の能力・実力の分析である。「敵を知り己を知らば百戦して危《あや》うからず」という。この提言がそうした冷静な分析の上に立っているとは思えない。

評価したいところもある。ODAの増加、PKOの増加などは、大賛成だ。さらに、平和安全保障基本法を作ろうというのも賛成である。これは、読売新聞の第一次憲法問題調査会（猪木正道会長）の一九九二年の提言において、私も提案したところである。

とくに注目すべきは、五月十四日に成立した国民投票法との関係である。成立を受けて憲法審査会がおかれ、議論が開始されるが、三年間は憲法改正を発議しないことになっている。その間に平和安保基本法を定めてはどうだろうか。良いものができれば、九条二項は改正する必要がなくなるかもしれないし、大騒ぎしないで静かに改正できるかもしれない。朝日新聞が本気なら、具体案をさらに提案することを期待する。

（「Foresight」二〇〇七年六月号）

オペラを見て思う文化的成熟

六月のある土曜日、新国立劇場にリヒャルト・シュトラウスの「ばらの騎士」を見に行った。私はこのオペラが大好きで、何度も聴いている。最初は一九六〇年のザルツブルク音楽祭で、シュヴァルツコップが元帥夫人を歌い、カラヤンが指揮した公演を映画化したものだった。その後、カルロス・クライバーが指揮した東京公演も聴いたし、ウィーンでもロンドンでもニューヨークでも聴いてきた。

今回の上演も素晴らしかった。紛《まぎ》れもない第一級の出来映えだった。演出も指揮も、元帥夫人もオクタヴィアンもよかったが、功績の第一は新国立劇場の芸術監督のノヴォラツスキーだろう。今シーズンは、四年前に招かれた彼の最後のシーズンで、彼の下で経験をつみ、成長したチームが、これが最後という意気込みもあって、このレベルに達したのだと思う。

何より、オペラというのはオペラハウスがあって初めて存在するものであり、そこでじっくり練習したものは、スター歌手の寄せ集めより素晴らしいことが少なくない。オペラはそもそも、都市に根ざした文化なのである。

もう一つ、印象に残ったのは、中年以上の聴衆が多く、しかもかなりおしゃれな人が多かったということである。一昔前、日本のクラシックの音楽会は、圧倒的に若い人が中心で、男性の服装といえばダーク・スーツか、場違いにカジュアルなものが多かった。しかし今回は、猛暑の土曜の午後にふさわしい、夏のリゾート風の明るい色のスーツやジャケットの人が多かった。クラシック音楽を教養主義的に聴く時代や、ただ夢中でむさぼるように聴く時代も終わって、余裕を持って楽しむ時代になってきたのだろう。

会場もそれなりに工夫されており、屋外の水の流れが涼感を作り出していて、なかなか楽しめた。

新国立劇場の建設についても、芸術監督の選定についても、賛否両論があったが、それを超えてオペラが根付いてきたのだろう。日本の文化の成熟を痛感させられる。

他方で、外国からの招聘《しようへい》も、なお盛んである。「ばらの騎士」という、それほど頻繁に上演されるわけではないオペラが、今年は、新国立劇場のほかに、チューリッヒ歌劇場と、このオペラを初演したドレスデンのゼンパー歌劇場によって上演される。オペラを含め、こうした音楽会のエネルギーでは、東京は世界一だろう。ニューヨークでも、メトロポリタン・オペラとニューヨーク・フィルを除けば、あとはそれほどではない。有名なカーネギー・ホールは、設備も雰囲気も割合貧弱である。

私は広い意味での演劇ほど異文化理解に適したものはないと考えている。どの社会にも、出会いや別れや喜びや悲しみがある。それをその社会なりの形で昇華させて見せるのが演劇である。オペラが日本に定着するのは、その意味で自然なことかも知れない。

だとすれば、日本人の海外進出もありうるだろう。実際、ベルギーのモネ劇場のシェフである大野和士氏は、日本人としては珍しくオペラ経験の豊富な指揮者だが、今年はミラノのラ・スカラ座とメトロポリタン・オペラに進出するという活躍ぶりである。

ノヴォラツスキーは、最後のシーズンのテーマはfate of farewellだと言っている。別れは、ときに新しい出発でもあるということらしい。「ばらの騎士」はそれ自体、別れを取り上げた作品であるだけでなく、十九世紀のヨーロッパ文化の成熟の頂点から生まれた作品である。その初演は一九一一年で、第一次世界大戦が、こうした繁栄に終止符を打つ三年前のことだった。日本の文化的成熟も、崩壊か衰退の始まりを意味しているのかもしれない。しかしそれは、やはり新しい出発でもありうるだろう。

（「Foresight」二〇〇七年八月号）

共産党革命導いた日中戦争

現代に至る東アジアの歴史を形作る上で、重大な意味を持った「出来事」を、時代順に挙げてみようということで、以下の通り答えてみた。変化はしばしば目に見えない持続的な蓄積として起こるので、必ずしも「事件」ばかりではない。また、一つの事件はしばしば二つ以上の意味を持ち、多義的であることにも注意しておきたい。

第一は常識的だが「アヘン戦争」だ。誰も、中国があれほど簡単に西洋に負けるとは思っていなかった。東アジアが西洋近代に対して非常に脆弱《ぜいじゃく》であることが分かったという点で大きな出来事だった。

二番目は「明治維新」。東アジアの伝統社会が、外圧に反応するだけでなく、みずから内発的な契機を発展させることによって、近代国家を作っていった。ここで言う明治維新は、開国から近代国家の成立までのプロセスを含む。

三番目は「日露戦争」。最初に事件は多義的でありうるといったが、日露戦争もそうだ。西洋文明を身につけた非西洋国家が、西洋列強に勝利することができるということを示した。その意味で、世界中の被抑圧国家に大きな衝撃を与えた、世界史的な事件だった。他方で、日露戦争以後、日本は韓国併合へと進み、植民地大国として歩んでいった。

四番目は「日中戦争」。日本の大陸での膨張と中国のナショナリズムがぶつかった。同時に、日中戦争は中国沿岸部における資本主義の発展を破壊してしまった。その結果、共産党革命を導いたという点でも非常に重要だ。

もし、日中戦争が起こっていなかったら、もし盧溝橋《ろこうきょう》事件が起きていなかったら、あの時点で国民党は共産党を制圧したと思う。そういう意味で大きな分岐点だった。

五番目には「太平洋戦争と原爆投下」を挙げたい。太平洋戦争にはいろいろな意味がある。まず後発の植民地主義帝国である日本が英米と正面衝突したという点。さらに世界史的には、日本が意図したわけではないが、欧米列強の後退がある。太平洋戦争の論理的帰結として、東アジアでの植民地の独立が進んだ。また、原爆は世界の軍事上の大革命で、戦争のあり方を決定的に変えたという点でも落とせない。

六番目に挙げたのは「朝鮮戦争」。これがなければ、日本の講和や日中国交回復も違った形になっただろう。

七番目には「日本の戦後復興・高度成長」を挙げたい。軍事的発展路線で挫折した日本は、自由貿易体制の中の正当な経済活動によって世界有数の経済大国となった。

八番目は「ヴェトナム戦争」。独立運動と冷戦思考がぶつかった事件。ドミノ理論が間違っていたことも、今日の重要な教訓だ。

九番目は「東アジア諸国の経済発展と民主化」。東南アジア諸国連合（ASEAN）の結成と発展、それに時期は異なるが韓国や台湾も経済発展を通じて中産階級が台頭し、やがて民主化につながった。

十番目は「中国の改革・開放」となる。その後の中国の発展が、ここから始まるのは、あらためて言うまでもない。

以上を貫くテーマは、ナショナリズム、社会主義、経済発展の三つだ。西洋との出会いの中からアジアのナショナリズムが触発され、社会主義の影響を受けつつ、そこから脱して、経済発展を遂げていった。次はナショナリズムの克服が課題となるだろう。

（「朝日新聞」二〇〇七年十月二十九日朝刊）

憲法九条と集団安全保障

二〇〇七年五月に発足した「安全保障の法的基盤の再構築に関する懇談会（通称、安保法制懇）」の議論が続いている。私もメンバーなのだが、この政治情勢で何ができるのですかと、よく聞かれる。しかし、懇談会の責任は、よい提言をすることであって、内閣が磐石《ばんじゃく》であろうが、なかろうが、議論の中身に変化はない。議論の要旨はウェブサイトに掲載されているが、そのいくつかを紹介してみたい。

私もこの問題については、かなり専門家のつもりなのだが、あらためて歴代の政府答弁を読み返してみると、奇妙なものが多いのに驚かされる。

まず集団的自衛権についての内閣法制局の立場は次のとおりである。すなわち、憲法九条二項は戦力の保有を禁止しているが、いかなる国家も自然権として自衛の権利を持っており、その権利まで放棄したものとは思われないから、自衛のための戦力は合憲である、しかし必要最小限度を超える自衛権の行使は認められないので、個別的自衛権はよいが集団的自衛権の行使はだめだというのである。

しかし、集団的自衛権が必要最小限度を「超える」という断定はおかしい。信頼できる友邦と相互に助け合うから、長期的に軍事力は小さく、軍事力の行使の機会は少なくてすむのである。AからBに行くのに、最短距離の切符を買うのはいいが、定期券を買ってはならないというようなものである。

集団安全保障との関係では、一層奇妙な解釈が見られる。

内閣法制局は、PKOなどの国連の平和活動における「武力の行使」も憲法九条に反する恐れがあるという。しかし、九条一項が禁止しているのは、「国際紛争を解決するため」の「軍事力の行使」あるいは「威嚇《いかく》」である。そして、この場合の国際紛争とは、日本の関係する紛争と解さねばならない。

憲法九条はいきなりできたものではない。国際連盟規約があり、不戦条約（一九二八年）があり、その上に、国際連合憲章（一九四五年）ができた。日本国憲法はその延長線上にある。

市民社会では、個人が実力を行使して紛争を解決することは禁止されている。司法や警察に訴えなければならない。国際社会でも、国家が実力で紛争を解決することを、長年にわたって人類は禁止しようとしてきた。そして、社会における司法や警察のような機能を、国連が担おうとしてきたのである。

もちろん、国連の集団安全保障は不完全なものである。しかし、国家が実力で紛争を解決するのを否定するなら、それを強化していかなければならない。紛争の平和的解決を言いながら、PKOへの参加を渋るのは、論理矛盾であり、憲法前文にいう「国際社会に名誉ある地位を占める」ことを断念することに等しい。

なぜこういう反対が生じるのだろうか。およそ反対論には三種類ある。第一は、危険だからやりたくないという立場である。それは世界中どの国も同じであり、日本だけイヤだというわけにはいかない。

第二は、過去に侵略をした経緯があるからという人がある。しかし今日、日本の自衛隊がとくに危険だということはまったくない。むしろ平和愛好的で規律正しい軍として定評がある。

第三に、紛争解決に軍事力を用いるのは悪いことであり、日本が参加しないのが正しいという立場である。しかしこの立場からすると、ＰＫＯに多数の兵士を参加させ犠牲者も出している国は悪い国だということになる。どうしてそんなことが言えるだろう。これは正義の仮面をかぶった利己主義でしかない。

憲法九条から、集団的自衛権の行使は可能だという解釈を導きだすことは十分可能であり、集団安全保障についても同様である。以上は安全保障の国際的な常識を述べたに過ぎない。憲法に明白に禁止されていない限り、安全保障については国際常識にそって解釈すべきであり、その中で、日本は他の国々より平和的な政策を採ることで十分ではないだろうか。

（「Foresight」二〇〇七年十月号）

地域安全保障協力機構を考える

今月、東京大学の公共政策大学院と、米プリンストン大学のウッドロウ・ウィルソン・スクールとの間で、東アジアの地域安全保障協力機構に関するシンポジウムが開かれた。両大学以外からも、米中韓の専門家が参加して、活発な議論が行なわれた。

このテーマは今、流行りで、各地でセミナーやシンポジウムが開かれている。名称については、安全保障協力のための機構と言ったり、メカニズムと言ったり、アーキテクチャと言っている。その議論の出発点は、六者協議であることが多い。

私は次のように考えている。安全保障協力は、相互の不信の除去が出発点で(ステージ1)、やがては相互に助け合うことを目指すべきである(ステージ2)。しかし、相互に助け合うためには共通の目的が必要だが、六者の間に必ずしも共通の目的はない。北朝鮮の目的は体制の存続だし、他の五者の目的は、北朝鮮の非核化である。

五者の間でも少しずつ優先順位が違う。日本にとっては北朝鮮の核武装阻止が絶対の課題だが、アメリカにとっては核の不拡散が最も重要である。

もう一つ、いつも議論になるのは安全保障協力の地理的範囲である。東北アジア(仮に地域1と呼ぶ)以外に、東南アジア(地域2)が当然含まれるし、その外側、具体的にはインドやロシアやオーストラリア（地域3）との関係が問題となってくる。

現在、オーストラリアやインドとの関係強化を説く議論が盛んである。実際、今年（二〇〇七年）の日豪安全保障協力宣言は、重要な進展であった。しかし協力はどこまで可能だろうか。

つまり、オーストラリアもインドも、日本との安全保障関係の強化を、中国との関係の悪化を賭《と》してまでやるとは思えないのである。これは立場を変えて考えれば分かりやすい。仮にインドと中国の間で問題が生じ、日本がインドの側に立つことを求められたら、簡単にはイエスといえないだろう。「自由と繁栄の弧」と言っても、中国封じ込めを目指すとすれば、ことは簡単ではないのである。

問題の核心は、やはり東北アジアであり、東北アジアの問題は、東北アジアで解くしかない。そのまた核心は、やはり日中関係だろう。胡錦濤政権は対日関係の改善を目指しているが、中国の世論は必ずしもそうではない。九月二十四日の読売新聞によれば、中国では依然として、戦後日本の平和的発展を評価しない人が七割近くおり、脅威の第一は日本だという。日本は中国を攻撃する能力も意図も動機も持たず、日本を攻撃する能力を持っているのは中国なのに、この認識はひどい。こうした認識は是正しなければならない。

こうした国民レベルの認識まで含めた信頼醸成が必要である。そのための場所は、必ずしも東北アジアでなくてもいい。

たとえば東南アジアでの海賊行為の防止やシーレーンの防護を、東南アジア諸国とオーストラリアに加えて中国も参加した枠組みで行なうことである。共通の目的への共同の努力ほど関係改善に役立つものはない。日中協力を、環境問題について地域1で行なうこともよいが、安全保障問題で、地域2で行なうのが有効ではないかと思う。場合によっては、他地域でのPKO（国連平和維持活動）を一緒にやることも考えられる。

このように、東アジアの安全保障協力を進めるために、実は憲法解釈を見直す必要がある。集団的自衛権にも集団安全保障にも否定的な現在の憲法解釈で、安全保障協力が進められるとは到底考えられない。他方で中国はもっと柔軟で、防衛庁が防衛省になったときも、NSC（国家安全保障会議）の設立の提言が出されたときも、安全保障の法的基盤に関する懇談会が設立されたときも、一切ネガティブなコメントをしなかった。昔からそうなのだが、安全保障のための自由な取り組みにとっての障害は国内の硬直した憲法思考であって、実は外国ではないのである。

（「Foresight」二〇〇七年十二月号）

サミットにおける日本の役割

今年（二〇〇八年）は七月に日本で五度目のサミットが開かれる。

サミットが最初に開かれたのは一九七五年、場所はフランスのランブイエで、オイル・ショック後の世界経済をいかに立て直すかということが最大の課題だった。リーダーシップをとったのは、フランスのジスカールデスタン大統領と、西ドイツのシュミット首相だった。アメリカがウォーターゲート事件で動きが取れなくなったこともあった。

日本は、そこに招かれて嬉しいという感じだった。それも無理はない。一九六〇年から七二年まで、自民党の黄金時代というべき池田勇人内閣、佐藤栄作内閣の合計十二年間に、首相の訪欧は一度だけだった。したがって、毎年一度、世界の主要国の首脳が集まるサミットに常連として加わることは、日本にとって晴れがましい舞台であり、総理大臣にとっては、政治的得点をあげる好機だった。

一九七七、七八年には、福田赳夫首相が機関車理論を受け入れ、成長余力を持つ日本が、アメリカ、ドイツとともに、高めの経済成長で世界経済をリードするという約束をした。次の七九年には、日本は初めてホスト国となった。第二次石油危機のさなか、各国の輸入枠をめぐって厳しい対立となり、大平正芳首相は大変な苦労を強いられた。

このように、サミットはがんらい経済をテーマにしていた。しかし、一九七九年、ソ連のアフガニスタン侵攻から、政治的な争点が浮上することになり、八〇年代前半には、ソ連との対決、西側の結束が中心課題となった。一九八三年のウィリアムズバーグ・サミットで、ソ連の中距離核ミサイルSS20配備問題に関し、中曽根康弘首相が平和は不可分であると主張して、そのアジア移転ではなく撤去をあくまで求めることになった。それまで経済問題を課題としてきたサミットで、安全保障問題が浮上し、しかも経済問題以外にはほとんど発言しない日本が声をあげた点でも、重要なサミットだった。

冷戦が終わると、そうしたサミットの性格は当然に変化した。冷戦末期には、強すぎる日本経済への警戒があり、貿易の不均衡が議論された。今昔《こんじやく》の感である。その後は、中東問題、地域紛争、貿易問題、途上国貧困の問題など、多くの問題が論じられるようになった。一九九四年からはロシアが参加（二〇〇三年からはすべてのセッションに参加）するようになった。そして二〇〇一年の九・一一以後は、テロとの戦いが重要となった。

現在、グローバルな課題といえば、テロとの戦い、地球温暖化、そしてアフリカの貧困であろう。三十年あまりの間に、巨大な変化があったものだ。そこには世界の政治経済構造の変化が刻み込まれている。

日本の役割も大きく変わった。グローバル・プレーヤーとしてデビューして、徐々に政治的役割を果たすようになり、一時は世界から警戒され、しかし九〇年代不況以後、急速に存在が希薄化している。世界のGDP（国内総生産）中のシェアは、〇六年ついに九％台となり、ピーク時の半分に近づいている。

日本はこの間、まじめに世界の課題に答えてきた。しかし、長期の展望を持って行動するという点においては、きわめて不十分だった。経済に偏して軍事を無視した外交が長く続くはずはなかった。

とはいえ、外交は待ったなしである。テロとの戦いにおけるインド洋での給油再開は果たせそうだが、それを超えた取り組みがほしい。より広い文脈からテロとの戦いを再定義すべきだろう。地球温暖化問題では、日本自身が苦しい中で、アメリカと中国やインドなどの途上国を取り込むことが必要だ。そしてTICAD（東京国際アフリカ開発会議）も開かれる今年、アフリカの貧困問題でよい案を出せなければ、中国のアフリカ外交が活発化する中、日本の存在はかすんでしまう。このように、日本は三大課題について、いずれも苦しい立場にある。これからが智恵の出しどころである。宿題を果たすというよりは、十年先に向けて考える姿勢で臨んでほしいものである。

（「Foresight」二〇〇八年二月号）

タンザニアと日本の蚊帳

二〇〇八年二月の上旬、タンザニアのアルーシャというところに行ってきた。住友化学のオリセットネットという蚊帳《かや》を作る工場が建設され、その落成式に招かれたためである。

マラリア対策としての蚊帳の重要性については、前にも書いたことがある。アフリカで、エイズとならんで、もっとも多くの人命を奪っているのがマラリアである。そしてマラリアを防ぐもっとも効果的な方法が、蚊を殺す効果をもつ（しかし人間には無害な）薬品を塗りこめた繊維でできた蚊帳なのである。マラリアの原因となる蚊は深夜十一時から早朝五時までに活動するので、この蚊帳でだいたい防ぐことが出来るらしい。

この技術において、住友化学は断然優れている。今回の工場建設は、雇用創出と技術移転をもたらす、すばらしい決定だと賞賛されている。式にはサッカー選手の中田英寿氏も来ていたし、ごく最近、ブッシュ大統領もこの工場を訪問したから、いかにこの蚊帳が知られているか分かるだろう。

そのあと、ムボラという、タンザニアでも最も貧しい地域の村に行ってきた。ここでは、ミレニアム・ヴィレッジ・プロジェクト（MVP）という興味深い計画が進められている。

アフリカへの支援は、下手をすると政府に悪用されて、民衆に届かない。民衆にあてた援助も、本当に賢く使われるとは限らない。MVPというのは、きわめて貧しい村を選び出し、そこに包括的な援助を行ない、民衆の自立を促すことによって、貧困から脱却させようという計画である。

包括的とは、医療・衛生（蚊帳が活躍する）、学校と給食、井戸、農業改良、インフラ（道路と電気）などである。これを、住民の参加を確保し、また自然環境にも配慮しつつ、包括的に行なおうとしている。これを始めたのは米コロンビア大学のジェフリー・サックス教授で、ミレニアム・プロミス（MP）というNPO（非営利組織）を作り、コロンビア大学の地球研究所と連携し、国連開発計画（UNDP）と組んで、たえずプログラムの改良を重ねつつ、行なっている。

二〇〇五年にスタートしたときは、日本が国連に出している「人間の安全保障基金」が支援して、十カ国、約八十村で始まった。以後、大成功を収めていて、参加したいという国や、支援したいという国が増えている。

私は、日本こそ、このMVPのような仕事にもっと力を入れるべきだと思っている。第一に、これは日本の経験に学んだところが少なくない。初等教育の重視、保健衛生への取り組み、農業改良の重視などは、明治前期の日本における主要なテーマだった。戦後の給食に、われわれの世代はずいぶんお世話になった。

第二に、こういう仕事に力を入れることにより、日本のアフリカ支援は、資源の獲得を目指して独裁政権と密着することも辞さない中国とは違うというメッセージをはっきり出すことができる。ただ中国の進出におびえたり、批判したりするだけではなく、建設的な対案を示していくことが必要である。

私は、サックス教授の事業の立ち上げに関係したこともあって、実は柄にもなくミレニアム・プロミスの日本版としてミレニアム・プロミス・ジャパンというNPOを作って活動を始めている。それには、もう一つ目的がある。それは、多くの若い人が現地の活動に参加するルートを作ることである。こうした厳しい条件、絶対的な貧困の場で、半年でも一年でも生活し、支援活動をしてくれれば、彼らはかなりたくましくなると思う。そして、日本がいかに恵まれているかを痛感し、恵まれた日本としての責任を痛感するだろう。

今の若者には公共精神が足りないと批判する人がいるが、ただ批判したり押し付けたりしても効果はない。こういう実地の経験、それも一国の中だけでなく外に目を開いたグローバルな公共精神が、これからは大切なのではないかと思う。

（「Foresight」二〇〇八年四月号）

日本外交にも抜擢人事を

三月にジュネーヴを訪ねた。ジュネーヴには、WTO（世界貿易機関）があるほか、二〇〇六年に出来た人権理事会があり、緒方貞子さんが活躍しておられた難民高等弁務官事務所など、多数の国連関係機関があるので、百六十以上の国々が政府代表部を置いている。ジュネーヴは、ニューヨークに次ぐマルチ外交の中心であり、マルチ経験者はまたマルチを担当することが多いので、ジュネーヴには国連経験者が大勢いるし、その逆もまた真である。

日本政府代表部には、国連代表部で一緒に働いた高瀬寧《やすし》公使が勤務していて、ニューヨーク時代の友人との会合をアレンジしてくれた。

再会した友人の一人はシンガポールのタン・ヨクチョー氏である。タン氏はシンガポールの国連代表部の次席で、同じアジアの友好国なので、会う機会が多かった。とても有能で謙虚で感じのいい外交官だった。帰国して局長職を務めたあと、ジュネーヴのシンガポール政府代表部の国連担当大使（他にWTO担当大使もいる）を務めている。これは相当の抜擢だし、本人も自信をつけて一段と成長したように思われた。まだたぶん四十代で、これからも様々な国際舞台で活躍するだろう。

それから、スロヴェニアの次席のエヴァ・トミッチ女史にも会った。二〇〇五年の安保理改革運動のとき、頻繁に会った人である。ジュネーヴでも次席代表だが、一月からスロヴェニアはEU（欧州連合）の議長を務めていて、二十七カ国の意見を取りまとめ、その声を代表して発言するので、多忙を極めたようだ。議長の任期は半年なので、「やっと半分過ぎたわ」といっていたが、人口二百万人、独立して十六年の国にとっては大変な仕事だったろう。ニューヨークにいたころは、まだお嬢さんという感じの残る女性だったが、こうした経験ですっかり成長したように思われた。

さらに感心したのは、韓国のカン・キュンワ女史である。カン女史は、韓国の国連代表部で人権問題を担当していたころ、何度も会った人である。帰国子女で、外務省の外から起用された人材で、通常は大使級が司会する会議を切り回し、高く評価されていた。その後、ソウルに戻って国連局長のようなポストにつき、今はジュネーヴの人権高等弁務官事務所の次席である。国連では、一番上が事務総長だが、次に事務次長（Under-Secretary-General）のポストがいくつもあり、その下が事務次長補（ASG：Assistant Secretary-General）であるが、その事務次長補である。チベット問題などを話したが、かつての攻撃的なところが影を潜め、余裕と貫禄（体格ではない）が出てきた。まだ五十三歳なので、国連などで、さらに上を目指して活躍するだろう。

今回会ったわけではないが、最近の「昇進」の極め付きは、スロヴェニアのダニロ・トゥルク氏である。国際法の教授から四十歳頃に国連大使に起用され、その後、ASGに任命された人なのだが、帰国してしばらく大学に戻ったあと、何とスロヴェニアの大統領になったという。これには驚いた。

国連で仕事をしていて楽しいことの一つは、各国のえり抜きの優秀な外交官と友人になれることだ。外交官は次々に任地が変わるので、接触を維持するのは難しいが、いろいろなところで活躍しているのを知ると嬉しい。

ただ、彼らの昇進や活躍ぶりと比べると、日本は振るわない。四十歳代まで盛んに活躍していたのに、働き場所を得られずにくすぶっている外交官が少なくない。理由の第一は、国会対策その他の国内での調整に膨大なエネルギーをとられることである。第二は、過度の年次重視で、抜擢人事がほとんどないということである。有能な人材を大胆に抜擢してさらに成長させ、国際社会への発言権の増大につなげていく国が多い中で、残念なことである。

（「Foresight」二〇〇八年六月号）

小沢一郎氏における「優先順位」の問題

政府を批判して政権を取るのが野党の仕事である。しかし政権を取ってから、野党時代の政策をそのまま実施するとは限らない。

明治維新のとき、尊皇攘夷《そんのうじょうい》を唱えた薩長は、政権を取ると文明開化に転じた。それに不満で反乱を起こした勢力もあったし、歓喜してこの転換を迎えた者もあった。

議会政治の時代には、政権を取った野党の政策転換は容易ではない。政府批判は、大々的に、また公然と行なわれるからである。それでも多くの例がある。

一九二四年、長年野党だった憲政会は衆議院選挙に勝利し、加藤高明総裁が首相となった。加藤は、外相時代の対華二十一カ条要求の失敗で元老の信用を失っていた。また加藤は、原敬、高橋是清の政友会内閣の対米協調路線に批判的で、とくに日英同盟の終了を批判していた。

しかし、首相になるや、加藤は彼の義弟であり、原・高橋内閣における対米協調外交の担い手でもあった幣原《しではら》喜重郎を外務大臣に起用して内外の懸念を一掃し、外交においては継続性が重要だとして、従来の外交を基本的に継続すると述べた。

このように、外交政策の継続性という理由で、野党が従来の政策を修正することがありうるのである。

かりに民主党政権が出来るとどうなるのか国民は不安に思っている。それも当然であろう。小沢氏は、いままでいろいろな失敗を犯してきた。

これまでの小沢氏の最大の失敗は、九四年、細川護熙《もりひろ》連立内閣を維持できなかったことだろう。

そのころ小沢氏は、内閣の基盤を固めずに、性急な純化路線をとって社会党とさきがけを自民党の方に追いやってしまった。

また、細川内閣でも羽田孜《つとむ》内閣でも、解散総選挙で自民党と戦わなかったことである。その理由は、新選挙制度についての周知期間満了以前に選挙となれば、旧制度による解散になって筋が通らないという、つまらない理由だった。新選挙制度による改革を唱えて選挙に打って出れば、きっと勝っただろう。

九九年には自由党を率いて自民党と連立を組んだ。このとき、連立の条件としてこだわったのは、閣僚の数を減らすことと、選挙制度のうちの比例部分の議席を減らすことで、たいして意味のあることではなかった。現在も小沢氏は国会議員百人以上を政府に入れると主張している。どうも政策決定の仕組みを変えることに熱心である。

現在の国民の不満は、自民党の長期政権の中で多くの弊害が噴出し、重要な問題も解決しないことにある。民主党も頼りないが、一度やらせてみようか、という気分が広がっている。それなら、根本的な変革に着手するよりは、可能なことから手をつけ、他は現状維持でよい。大事なのは優先順位である。

外交などは、基本線を維持しつつ、変革に持っていけばよい。まず、日米同盟の堅持を表明すべきだ。そしてインド洋での給油も続ければよい。民主党は給油反対の立場だが、かわりにISAF（アフガニスタン国際治安支援部隊）に参加できるかどうか疑問である。テロとの戦いの新しいパッケージができるまで給油は継続すればよいのである。それなら自民党も公明党も反対しにくいはずである。

小沢氏の持論の国連重視も、国連待機部隊のような抽象的なことを言っていないで、まず国連に行ってインパクトのある演説をするとか、具体的な安保理改革の提案をするとか、国連関係諸機関への拠出金を増やすとか、紛争現場を訪問するとか、国連改革担当大臣を置くとか、いろいろな方法がある。ＰＫＯも、かつてカンボジアや東ティモールでやったような数百人規模の施設部隊を出すことなら出来る。

小沢氏には「壊し屋」のイメージが強い。野党なら「壊し屋」でもよいが、政権を取ったら、それだけでは困るのである。優先順位をつけてスマートに壊し、建設に結び付けなくては、政界の混乱は続くばかりだろう。

（「Foresight」二〇〇八年十月号）

国連安保理改革

世界は大きな転換の中にある。世界経済危機の底はまだ見えないし、最近のインドにおける惨事（ムンバイ同時多発テロ）は、テロとの戦いの困難さを改めて示した。第二次大戦によって確立され、冷戦においても揺るがなかったアメリカの圧倒的な力が揺らいでいる。したがって、ある種の世界秩序の再構成が必要となっている。

経済については、G8（主要八カ国）をG13ないしG20に拡大しようという声があがっている。それとともに忘れてはならないのは、国連安保理の拡大問題である。英仏は、G8と安保理の両方の拡大を主張している。一月に発足する米オバマ政権は、多国間（主要国間）協調にさらに舵を切るのは確実で、両方とも進む可能性が出てきている。

実はニューヨークでも、安保理改革について、やや動きがある。

第六十二会期最終日の九月十五日、安保理改革に関するある決議が総会で採択された。これまで安保理改革は、長年、総会の下部機構であるOEWG（オープン・エンデッド・ワーキング・グループ）で議論されてきた。その名のとおり、期限なしに、全会一致を目指して、もう十五年も議論しているのだが、結論は出ていない。安保理改革については、新たに常任理事国を作るべきだと考える日、独、インド、ブラジル（二〇〇五年に安保理改革を推進したG4）などと、常任理事国を作るのに反対するパキスタン、イタリアなどの国々が対立しているので、全会一致はありえないのである。

ところが、ケリム総会議長がリーダーシップを発揮して、会期末日に決定に持ち込んだ。OEWGの議論は続けるが、合意が得られなければ二月末までに政府間交渉に移行するという内容である。政府間交渉に移行しても、まだまだ難しいのだが、それでも、一つハードルは越えたわけである。

〇五年にG4が常任六議席の創設などを核とする決議案を提出した時には、採択に必要な百二十八カ国（加盟国総数の三分の二）を得られず、投票に持ち込めなかった。しかし、米中の反対にもかかわらず、一〇〇以上、一一〇近い支持を得るところまでは来ていたのである。〇五年には、小泉首相はブッシュ大統領を真剣に説得しようとしなかった。また靖国参拝で中国との間が険悪となっていた。現在、日中関係は改善され、五月の日中共同声明では、中国は、日本の国連における地位と役割を重視すると述べている。アメリカでは、ブッシュ政権よりオバマ政権の方が明らかに前向きである。いくつかの点で条件はずっとよくなっているのである。

もちろん、常任理事国になるのは、とてつもなく難しい。しかし、もし常任が難しければ、長期議席ということが考えられる。〇五年には、常任を創設するというモデルAのほかに、任期四年、再選可能な長期議席を創設しようというモデルBがあった。これが実現された場合、四年に一度再選されれば、ずっと安保理にいられるわけである。

その後、モデルAとBの折衷案も議論されている。モデルBで長期再選可能議席をいくつか作り、十年か十二年後に見直して、立派に責任を果たしている国があれば、これを常任に昇格させるという案である。

長期再選可能議席の場合、任期は長い方がよい。アジアに二つの枠が想定されているが、仮に任期十年で再選可能となれば、日本とインド以外に十年続けられる国はない。

安保理に議席を持つことが極めて有利であることは、もう明らかなので、繰り返さない。他方、常任になれば、特別の義務が発生するわけではないが、やはり世界の平和のために積極的に貢献していることが望ましい。

現在、日本のODA（政府開発援助）は世界五位である。世界第二の経済大国が五位ではまずい。ぜひ二位復帰を目指してほしい。

さらに問題はPKOである。現在、日本のPKO参加は三十五人程度（日本と国連では若干数え方が違う）で、世界の八十二番前後、主要国で最低である。

数が少ないのは、ひとつには法制度の不備のためである。日本では、PKOにおける武器使用は、自己または自己の配下にある武器弾薬等を守る場合に限っている。つまり、任務達成や仲間を守るための武器使用は認められていない。かりにA国の部隊と一緒に行動していて、日本が何者かに襲われたら、A国の部隊は日本を助けてくれるのに、日本はA国部隊を助けてはいけないのである。こんなばかなことはない。

憲法九条第一項は、国際紛争を武力で解決することを禁止している。これは、日本と第三国との紛争についての禁止であって、国益を離れて国連の枠組みにおいて行動する場合には当てはまらないのだが、内閣法制局はこの点を誤って、PKOについてすら武器使用を極度に制限している。二〇〇八年五月に提出された安保法制懇談会（座長・柳井俊二元外務次官）の報告書は、この点を明確に指摘して、改善を求めている。政府はただちにこの線にそって解釈を改め、PKO法を改正するべきだ。

もしそれがすぐには出来なくても、日本はカンボジアや東ティモールに数百人の部隊を出していた。施設部隊を出してインフラづくりに貢献することなら、すぐにも可能だし、大いに感謝されるだろう。

もう一つ重要なのは、ソマリア沖の海賊行為である。これまで国連の平和活動は、陸上だけだったが、海の平和維持活動も議論が始まっている。海の平和活動に参加できる国は少数である。ロシアは有料で軍艦を派遣してもよいと言っている。

私が中国の指導者なら、ここに海軍を派遣するだろう。

明《みん》の昔、鄭和《ていわ》の大航海で、中国は東アフリカ沿岸まで行っていた。海軍のソマリア沖派遣によって、中国は国民の歓呼と世界の歓迎を受けながら、遠洋海軍を増強し、そのプレゼンスをアフリカにまで広げることができるのである。日本はこれに反対できないし、反対する必要もない。日本も派遣すればよいのである。そして一緒に海賊取り締まりに従事して、公海の安全に貢献すればよいのである。

現在、国際社会における日本への期待は意外に高い。金融危機における対外的安定、環境問題やアフリカの貧困削減への取り組みなど、高く評価されている。この機会に、ＯＤＡの増額、ＰＫＯの増加を含め、もう一度安保理改革運動に乗り出すべきだ。

さもなければ、近いうちに中印の海軍がアフリカに進出し、Ｇ８はＧ13ないしＧ20となり、日本はカヤの外という事態が来てしまうかもしれない。安保理改革については、民主党も賛成のはずである。与野党一致して、ただちに取り組むことを切望する。

（「読売新聞」二〇〇八年十二月二十二日朝刊）

平和と復興は清掃から

政府は五十歳代前半の外交官三人を、ガーナ、アンゴラ、コートジボワールの大使に任命した。通常、大使に任命されるのは五十歳代の後半で、それが「上がり」になることが多いが、これからは若手を大使に起用し、その後、また本省などで活躍してもらう方針だという。しかも、かつて敬遠されていたサブサハラのアフリカに、将来の幹部となりそうな有望な人物を起用したのだという。今回の三人のうち、一番若い岡村善文氏でも五十歳で、とくべつ若いわけではない。外国には四十歳代の大使はたくさんいるし、中小国なら三十歳代もかなりいる。しかし、硬直した年次主義を変えるのは結構だし、人材をアフリカに送るのも結構なことだ。

岡村氏はルワンダでもコソボでも活躍した、紛争現場経験では外務省屈指《くっし》の人材である。私も二〇〇二年、一緒にアフガニスタンの視察に行ったことがある。また日本が国連安保理改革に取り組んでいた二〇〇五年には、フランスの大使館から助っ人としてニューヨークにやってきて、大活躍してくれた。まだ紛争の収まらないコートジボワールにはうってつけの人物である。

岡村大使は着任したその日から、ほとんど毎日ブログを書いている。大使のブログというのは珍しいが、これがなかなか面白い。そのなかに、コートジボワールで若者を動員した清掃キャンペーンの話があった。

都市衛生省のメレッグ大臣が、二〇〇八年五月にＴＩＣＡＤ（東京国際アフリカ開発会議）で横浜を訪問したとき、街にゴミがないのにショックを受けた。そして、「ゴミはこの中に。街をきれいにしましょう」と書いたゴミ箱を見つけた。これにヒントを得て、「道路はゴミ箱じゃない」というスローガンのもとに、大清掃キャンペーンを始め、大成功を収めたのだという。

これは大事なことである。途上国のスラムに行くと、ゴミがすさまじい。伝統社会には、ビニールのような土に返らないゴミはなかったのだろう。それに現在のような大都市もアフリカにはなかった。その結果、ゴミは放置されるままである。

私は、「平和と復興は清掃から」と思っている。自分の住んでいるところを自分の町だと考え、きれいにしようと思うことが、平和から復興への出発点ではないだろうか。しかしそれがなかなか難しい。清掃などはまともな仕事だと考えないカルチャーが、とくに成人男子に多い。いろんな紛争地などで清掃キャンペーンをやっても、参加者は女性と子供がほとんどで、成人男性の参加は少ない。

日本では、少なくとも昔は、学校の掃除を生徒がするのは、トイレも含めて、当然だった。しかし、世界では、掃除のようなことは、召使にやらせる国の方が普通である。

日本は平和と経済復興のキーワードとして、オーナーシップとパートナーシップということを強調している。その土地の住民が主人公としての自覚を持って行動し（オーナーシップ）、援助する側は脇役であることを自覚し、上から指示するのではなく、対等の立場で協力していく(パートナーシップ)ということである。他の国も同じようなことを言っているが、日本は歴史に裏付けられている。

コートジボワールの清掃活動が横浜の印象から始まったというのは愉快な話である。日本がモデルとなることは、世界にたくさんある。われわれが当たり前と考える、物事をきちんとすませる、処理するということが、なかなかできない。日本人が紛争地に行って行動すれば、たいてい尊敬される。上から見下ろすことをしないで、対等の視線で考え、行動し、しかもきちんと物事をやり遂げるからだ。

オーナーシップとパートナーシップを意識もせずに身につけている日本人は多い。そういう人たちが世界の各地で活躍してくれれば、日本はもっと尊敬されるだろう。もっとも、学校の掃除を自分でする習慣が今でも健在かどうか、不安ではある。

(「Foresight」二〇〇八年十二月号)

パナマ運河を見て考えたこと

二〇〇八年秋、初めてパナマを訪ねた。パナマ運河の印象は強烈だった。よく知られているように、太平洋と大西洋の水位が違うので、閘門《こうもん》式という方式が使われている。船が水門から入り、水門を閉めて水を入れ、水面をあげて次の水門に入るというやり方で、いわば船が階段を上っていくわけである。

したがって通れる船の大きさに限界がある。巾《はば》三二・三メートル、長さ二九四メートル、喫水《きっすい》一二メートルが限界で、これをパナマックス(Panamax)という。その場合、船と壁との隙間は一〇センチくらいしかない。日本や韓国やノルウェーなどのパナマックス・サイズの船が、荷物を満載して、小さな機関車に引かれて次々に通っていく様子は壮観である。なおこの機関車は日本製で、やはり小さくて正確なものは日本の特技らしい。

運河を見て、戦前の日本海軍の大艦巨砲主義を思い出した。海軍は、巨大戦艦に巨大な大砲を搭載し、射程距離で相手を圧倒しようと考えたのだが、その背後には、アメリカはパナマックスより大きな軍艦は作れないだろうという推測があった。

この推測自体は正しかった。一九四〇年起工の戦艦ニュージャージー(基準排水量:四万八五〇〇トン)をはじめとして、アメリカはパナマックス・サイズ以上の軍艦を作らなかった。ただ、大艦巨砲主義は、飛行機の時代の到来によって終わってしまったのである。

ともあれ、パナマはアメリカにとって戦略的要地であった。セオドア・ルーズヴェルト大統領は、運河建設をめぐってコロンビアと条件が折り合わないと見るや、反政府勢力を支持して独立させた。これがパナマ国であり、運河の両岸は、アメリカの永久租借《そしゃくち》地とされた。

アメリカにとってのパナマ運河は、しばしば日本にとっての満鉄(南満州鉄道)と比較された。アメリカによるパナマ運河建設の開始は一九〇三年、完成は一九一四年、他方で満鉄の営業開始は一九〇六年で、それほど違わない。ところが、アメリカは日本の満鉄経営に様々な形で挑戦した。パナマ運河を支配しているのに、日本の満鉄権益に文句をつけるのは不当だと、多くの日本人が考えた。また、アメリカが南北アメリカでモンロー主義を唱えているように、日本はアジアでモンロー主義を唱えて指導的位置に立つべきだと考えた。しかし、一九三〇年代には、アメリカは善隣外交に転換して、モンロー主義を修正し始めたのである。

戦後、世界でナショナリズムが高まり、エジプトによってスエズ運河が国有化されると、パナマでも運河返還要求が高まった。一九六四年に運河地帯でパナマ国旗掲揚をめぐって事件が起こると運動はさらに高まり、一時、パナマはアメリカと国交を断絶するに至った。一九七三年、パナマが国連安保理の非常任理事国だったとき、世界の注目を集めるため、パナマで安保理を開き、運河に対するパナマの主権を認める決議案を提出したこともある(米英の拒否権で否決)。

こうした動きはやがてアメリカをも動かし、一九七四年にはキッシンジャー・タック宣言によって、返還の原則的合意が成立した。そしてカーター政権下で新しい条約が結ばれ、一九九九年末に返還は実現された。

興味深いのは、キッシンジャーが沖縄返還で果たした役割と、パナマ運河返還で果たした役割の類似性である。現地の強い反対の中で排他的な権益を維持するよりも、権益を縮小しても現地の支持を得るほうがよいというキッシンジャーの現実主義が、一九七二年の核抜き本土並み沖縄返還と、パナマ運河の返還を可能としたのである。

もし、仮に日中戦争の行方が違っていて、戦後も満鉄が日本のものだったとすれば、どうなっていただろうか。われわれはこれを手放す政治的リアリズムを持てただろうか。おそらく無理だっただろう。ともあれ、世界がさまざまな形で結びついていることを痛感させられる旅だった。


（「Foresight」二〇〇九年二月号）

米露関係の「リセット」

クリントン米国務長官とロシアのラブロフ外相が、三月六日、ジュネーヴで会談し、米露関係を「リセット」して緊張緩和を目指すことで合意した。

これはどのような意味のリセットなのだろうか。米前政権関係者の中には、オバマ政権がイランや北朝鮮の核を封じ込めるためにロシアの協力を求め、その代わりにロシア周辺へのミサイル防衛の配備を中止し、ロシア国内の人権問題への批判を中止するという、いわゆるグランド・バーゲンを目指しているとして警戒する人もいる。しかし、そうはならないだろう。

まず、ロシアも、イランや北朝鮮の核武装には反対である。それゆえアメリカが、ロシアの協力を得るために多大の代償を払う必要はない。他方で、大きな代償を支払っても、ロシアが決定的な影響力をもっているわけではないから、意味がない。
それから、両国が大量の核弾頭（ロシア五千、アメリカ四千）を大幅に削減しようという合意も、取引の結果ではない。両国とも多すぎる弾頭の維持に苦労しており、削減の方向で利害は一致しているのである。

重要なのは、NATO（北大西洋条約機構）の東方拡大の再検討であろう。

二〇〇八年八月、グルジアは南オセチアに兵を出して、ロシアの反撃を招いてしまった。ロシアの軍事行動は過剰だったが、グルジアが攻撃すれば、ロシアが厳しい反撃をすることは確実だった。その口実を与えてしまったのはグルジアの失敗であり、さらにグルジアの冒険を抑えられなかったアメリカの失敗である。

冷戦が終わったとき、バルト三国の独立までは、ソ連にとっても受け入れ可能だった。バルト三国は第二次大戦前、独立国だった。しかし、ウクライナは伝統的にロシアと不可分の地域だったから、その独立はショックだった。二〇〇四年末のオレンジ革命によってウクライナが反露的となったことは、ロシアの忍耐の限度を超えていた。

国連安保理で見ていても、オレンジ革命以後、ロシアの政策は変わった。グルジアに対するガスの供給を止めるなど、強硬外交を辞さなくなった。コソボが二〇〇八年二月に独立を宣言した時には、強く反対した。そんな時だけに、グルジアの行動は、危険な賭けだった。

ロシアは昔から包囲されることに敏感な国である。東欧にミサイル防衛を配備しても、ロシアに攻撃の意図がなければ、何でもないはずなのに、こういうことに過敏に反応するのがロシアである。晩年のジョージ・ケナン（米国の戦略家）がNATOの東方拡大に反対したのは、そうした見地からだった。

その一方で、ロシアは伝統的に慎重な国である。また経済的苦境にあるので、さらに膨張主義的になるとは思えない。しかし、包囲されることに過敏に反応する体質は、簡単に直るはずがない。西側は、ロシアを過度に刺激することなく、時間をかけてロシアの周辺の国を取り込んでいくべきであろう。東欧へのミサイル防衛の配備は、遅らせても大過ないし、アメリカ経済の現状からしても、先送りとなるだろう。またウクライナなどについては、反ロシア的にならなくても、中立的な存在として、徐々に西側に取り込めばよい。そして、じっくりとロシアに人権状況の改善を求めていくのがよいと思う。

ブッシュ政権には白か黒かという二分法的傾向があったが、オバマ政権の外交は、より漸進的《ぜんしんてき》でプラグマティックであり、対露政策もそうなるだろう。

なお、ロシアのラブロフ外相は前の前の国連大使であり、デニソフ第一外務次官は前の国連大使である。安保理で拒否権を持つロシアは、国連をフルに利用している。逆に、安保理を見ていると、ロシアの行動がよく分かる。日本との関係では、ロシアは割合友好的であって、北朝鮮問題などでも、とくに扱いにくい国ではない。中国の膨張に対処する必要から、日本との関係を悪化させたくないと考えているように見える。

国益とは何か

（「Foresight」二〇〇九年四月号）

戦後の日本では、「国益」という言葉は長く敬遠されてきた。一九九九年、故小渕恵三首相が二十一世紀の日本のあり方を考えるため、「二十一世紀日本の構想」懇談会を設立したとき、ある分科会で、国益という言葉を使うべきかどうか、議論となった。私は肯定論だったが、反対論もあった。外交や国際政治の専門家の中でさえ、ためらいがあった。

それは言うまでもなく、国益の名のもとに国民の利益が抑圧された戦前の記憶が、まだ強烈だったからである。国益とは国民の利益と対立するものだという考えも強かった。

しかし、たとえば昭和十六（一九四一）年の日米開戦は、国益にかなうことだったのか。もちろん否である。国家の利益にとっても国民の利益にとっても、それは大失敗だった。昭和二十年八月に戦争をやめることは、国家にとっても、国民にとっても利益だった。つまり問題があるのは国益という概念なのではなく、国益という言葉の中に盛り込む内容である。国民にとっての利益は、大体の場合、国家の利益なのである。

国益を考える場合にまず重要なのは、自国の利益だけを追求し、他国の利益を顧みない態度は、取るべきではないということである。国際社会は、世界の国々がみずからの国益の実現をめざして競争する場であるが、世界が緊密に結びついている今日、協力の側面も重要である。これは個人についても同じことで、自分の利益だけをひたすら追求するような人は、結局、周囲から信頼も尊敬もされず、かえって損をするものである。

この点を先の小渕懇談会は「開かれた国益」という言葉で呼んだ。相手の国益を理解、尊重し、死活的な利益以外は、相互性の原則に立って、柔軟に対処することが必要なのである。

次に重要なのは、虚飾の国益と、本当の国益を区別することである。国民の声が、すなわち国益とも限らない。明治三十八(一九〇五)年九月、国民の圧倒的多数は、ポーツマス条約反対だった。昭和八年三月、松岡洋右《ようすけ》全権が国際連盟から脱退を宣言したとき、世論はこれに拍手喝采した。上《う》辺《わべ》だけの、表面的な利益を追求するのではなく、よく考え抜いて、どこに本当の国益があるか、発見しなければならない。

利益一の追求に、一〇〇のコストがかかるようなものは適切な政策ではないだろう。竹島問題について、私は日本が正しく、韓国の立場は誤りだと思うが、日韓関係をぶち壊してでも、竹島を取り戻すべきだとは考えない。

実現に百年もかかるようなものも、適切な政策ではないというべきだ。最近、谷内正太郎・前外務次官が北方領土に関して三・五島返還という案に言及して厳しい批判を浴びた。前次官、現政府代表という立場や、タイミングについては問題があるかもしれないが、最終的な案としては、それほど悪いものだとは思えない。

日本では、一〇〇%を主張して決裂すると褒《ほ》められ、八〇%の案で妥協すると批判されることが多い。しかし、決裂の結果、六〇%も取れなくなることが少なくない。国益上は、拙劣なやりかたというほかない。

以上にも関係するが、とくに安全保障の分野では、完全を求めすぎて、国益を損なうことが多い。「完全は次善の敵」という言葉がある。細部にまで完全無欠を求めるあまり、大きな決定が出来なかったり、タイミングを逃したりすることが少なくない。

ソマリア沖への海上自衛隊護衛艦の派遣は、ようやく実現し、新法も成立しそうだが、国連で議論が始まってから一年かかった。護衛艦派遣は、日本の艦船、船員、貨物を守り、国際秩序の維持に貢献して、世界から評価される行為で、まったく問題ない行動なのに、随分無駄な議論が多かった。

その他、安全保障問題では、集団的自衛権の問題でも、武器輸出三原則の問題でも、かつての防衛費の上限=国民総生産(GNP)一%問題でも、少し従来の政策を超えかけると、周辺国の懸念とか、憲法に抵触する「おそれ」が指摘される。こういうときは、どういう「おそれ」がどれほどあるか言うべきである。これらについては、いずれもメリットの方がデメリットよりずっと多いと私は考えている。ほとんど存在しない「おそれ」で日本は自らの手を縛って国益を損なっている。

国益という言葉の内政的側面もきわめて重要である。

戦後日本で国益という言葉が使われなくなった結果、はびこったのは省益であり部分益である。たとえば農業である。農家と分類されている家計のうち、農業所得ゼロのところがかなりある。農業生産で国民に貢献していない人々を、税制等で保護しているのである。こうした手厚い農家保護のせいで、日本は自由貿易協定（FTA）で諸外国に立ち遅れている。

また、法科大学院の再検討において、弁護士が増えすぎて職がなくなるなどの議論がされている。しかし、国民のために良質な法律家を生み出すことが国益なのであって、その観点からの議論が十分ではない。これらの議論で共通するのは、利害関係者の間で議論がなされていることである。関係者の利益不利益は、国益の基準によって吟味されなければならないと考える。

以上から明らかなとおり、国益を適切に定義するためには、専門家の役割が重要であるが、この専門家と一般国民を仲介するメディアの役割が極めて重要である。

ところが、メディアには、極端な意見を増幅して掲載する傾向がある。その傾向を放置せず、全体としてバランスのとれた見方を提供することが、良識あるメディアの条件である。

極端な意見をことさらに強調するのは、民主主義の自殺行為である。近頃の一部のメディア、それにネット世論には不安がある。とくにネット世論は、ただの感情の吐露《とろ》になりがちである。中国には自由なメディアがないので、ネット世論がその代替物となっているが、これは極めて無責任で危険なものである。

このように、左右の極端な意見ではなく、中道に位置する人々の声を結集することが、国益の実現で重要である。ところが昨今の政治では、自民党は公明党に遠慮し、民主党は社民党に配慮することにより、中道よりも、むしろ極端な声が強く反映されている。これだけ財政状況が悪化しても増税の議論が進まず、安全保障環境が悪化しても、大胆な安全保障政策が打ち出せないのは、そのためでもある。

今は非常時である。総選挙後には、非常時を乗り切るため、二大政党間に大連立または協力関係を樹立して、常識的な路線を、断固として歩むことが望ましい。

（「読売新聞」二〇〇九年五月三十一日朝刊）

コートジボワールを訪れて

春休みを利用して、コートジボワールとガーナの視察に行った。東京財団が行なっている国連研究プロジェクトの一環である。

コートジボワールは一九六〇年に独立して以来、年平均八%の経済成長を持続し、アフリカの奇跡といわれ、モデルだといわれた。しかし一九八〇年代に入るとカカオの価格暴落で経済は打撃を受け、またウフェ＝ボアニ大統領の長期政権の下で新首都移転（一九八三年）などの無駄な投資も続き、政治は不安定化した。同大統領が一九九三年に八十八歳で死去すると不安は顕在化し、反政府勢力の台頭で、二〇〇二年から国土は南北に分断されている。この間、フランス軍、ＥＣＯＷＡＳ(西アフリカ諸国経済共同体)軍が平和維持にあたり、二〇〇四年以来、国連コートジボワール活動(ＵＮＯＣＩ：United Nations Operation in Cote d'Ivoire)が平和維持の中心となっている。

事実上の首都、アビジャンを見る限り、事態は平静で、フランスの強い影響の下で、かなり豊かな生活も可能となっている。アフリカの紛争は、スーダン、コンゴ民主共和国、ソマリアなどを除くと、全体としては安定化の傾向にある。

しかし平和の定着と統一の回復となると、メドはたっていない。何度か和平合意が結ばれ、交渉が進められたが、うまく行かなかった。最近では隣国のブルキナファソが仲介に乗り出し、二〇〇七年三月、ワガドゥグ合意が成立し、新しい和平プロセスが進んでいる。よりアフリカの実情に配慮した、時間をかけた合意形成がその特徴だ。しかし、コートジボワールで南北が対立すると、北部は、その北のブルキナファソに依存を強めるので、ブルキナファソは和平を急いでいないという説もある。

いずれにしても、最後は大統領選挙を行なうことになっている。しかし、二〇〇五年に行なう予定だった大統領選挙はまだ行なわれていない。現在、なお選挙人登録が進行中だが、これが難しい。十本の指の指紋と顔写真を同時に採取する器械(数万円はするだろう)を何万個も準備して作業を進めている。それは、ある先進国の会社の確実な利益になっている。また選挙準備作業に大勢の人が関わっているが、資金は国連から来ているので、作業を急ぐインセンティブがあまりない。「一、二本の指の指紋を取るだけの簡単な器械ではダメなのか」と尋ねたら、選挙のとき、違う指を使って認証を受け、何度も投票するものがいるからだという。

他方で、選挙がかえって紛争再発に引き金となる可能性もある。僅差《きんさ》で結果が出て、みんながそれを受け入れるのは、社会に相互信頼が存在しているからである。そんな社会的基盤はまだ存在していない。とくにアメリカ流の「ウィナー・テイクス・オール（Winner takes all）」式の選挙は、社会を不安定化させる。政治的妥協の方が堅実な方法のように思える。

かつて宗主国でいわば面倒を見てきたフランスも、引き上げの方向である。あとは国連の手にゆだねられ、誰も急がないまま、資金は浪費される可能性がある。現在、UNOCIの軍人と文民警察はあわせて九千名を超え、その他スタッフを含めると一万人を超える。年間予算が約五億ドルで、日本はその一六・七％の資金を負担し続けている。

コートジボワールの岡村善文大使は、外務省が最近始めた若手抜擢人事で起用された大使の一人である。アフリカのような勤務環境の厳しいところには、若い大使を抜擢する方がよいことは明らかだ。岡村さんは実際、大活躍で、私の訪問のときもバグボ大統領との会談を始め、実に充実した日程を組んでくれた。よほど政府に食い込んでいなければ出来ないことだ。岡村さんによれば、私の訪問を理由に大統領に会えば、そのあとに記者会見となり、新聞に報道され、日本のプレゼンスを示すことが出来るという。そういう意味で役に立てたのなら嬉しい。

（「Foresight」二〇〇九年六月号）

日本にとっても重要な国ガーナ

コートジボワールに続いてガーナに行った。

ガーナは、アフリカの中では、日本人にもなじみの深い国である。古くは野口英世が黄熱病の研究で訪れ、亡くなった。一九五七年、ブラック・アフリカでは最初に独立を果たし、その指導者だったエンクルマの名前は、日本でも知られていた。

ただ、何事にも両面がある。野口の研究は失敗だったし、その人格に疑問を持つ人も多い。アフリカに行ったのも、所詮は功名心からだという人もいる。しかし、野口の研究室のあとを訪ね、首都アクラの当時の写真を見て、素直に感心した。一九二〇年代のアフリカにやってくる勇気は、動機は何であろうと、それだけで賞賛に値する。

エンクルマについても批判は多い。大統領就任後まもなく、急進的な社会主義に傾斜して経済は崩壊し、汚職も頻発して、クーデターにより打倒された。しかし、現在では、その負のイメージも遠くなり、建国の英雄としての記憶が定着している。

近年の政治の安定は注目に価する。一九九二年以来、数回にわたって複数政党制による選挙が平和裡に行なわれ、政権交代が起こっている。二〇〇八年の大統領選挙は、決選投票となって僅差で決まったが、混乱は起こらなかった。アフリカでは珍しい。

産業では、地道に農業改革を進めている。日本も技術や資金で援助している。さまざまな意味で、西アフリカの安定勢力であり、日本にとっても重要な存在である。

滞在中、奴隷貿易の拠点だったというケープ・コースト城を訪れた。一六三七年に最初に建設されたところで、まぶしい空と海を背景に、真っ白な城が建っている。英語のガイドブックには、ホワイト・ウォッシュとあるが、ホワイト・ウォッシュという言葉には、白塗りという意味と、不都合なものを覆い隠すという意味がある。

かつて、内陸から集められた奴隷が、次の船が来るまで、何週間も何カ月も、この地下の牢獄の中に閉じ込められていた。彼らは貴重な商品だから、それなりに大切にされた。しかし、人間の尊厳への配慮など、何もない。ほとんど窓のない大きな地下牢の床は、なだらかなスロープになっていて、真ん中に一本の溝が流れている。何の手間もかけずに給水し、排泄物を処理できる仕組みらしい。恐ろしいところである。奴隷貿易は、古来、世界中に存在したが、これほどの規模で組織されたものは、他にないだろう。

書店でガーナ国内の奴隷制度に関する本を見つけた。奴隷貿易について白人を非難するだけではなく、国内の奴隷制度について、若いガーナ人研究者が冷静な分析を加えたもので、感心させられた。

ガーナ大学では日本留学経験者たちの歓迎を受けた。日本では辛いこともあったと思うが、みな良い思い出ばかり話してくれる。若いときの海外経験ほど重要なものはない。せっかく日本にやってきて、何年かをすごした外国人には、ぜひ日本の友人になってもらわなければならない。

ガーナ大学では日本についての講演をした。クフォー前大統領も出席された。最初は日本の外交について話すことにしていたが、出席者の顔ぶれを見て、予定を変え、日本文明の起源や特質について話すことにした。

八世紀に成立し、天皇から無名の庶民まで、五千近い歌をあつめた歌集(万葉集)が、今日なお親しまれていること、権威と権力の分離が早期に成立して相対的に安定的な政治が行なわれたこと、国民が勤勉で学習意欲が高く、近代と伝統を両立させていること、などである。日本の経済力は停滞気味だが、こういうことが日本の誇るべき特質であって、世界に例の少ない貴重なものだと、私は考えている。

(「Foresight」二〇〇九年八月号)

『時事小言』

今学期の学部の演習では、日本外交の根本をえぐった古典的著作を取り上げて議論している。最初は福沢諭吉の『時事小言』を取り上げた。明治十四(一八八一)年の著作である。この本で福沢は、世界の競争の中で、政権は強力でなくてはならないと主張する。しかし政府が強くて人民が弱いのではいけない。人民が強くて政府が強くなくてはならない。そのためには一部の勢力が政権を独占し続けてはならない。議会を設置して、人民の参加と政権交代を可能としなくてはならないという。

他方で福沢は、それまで薩長藩閥が続けてきた文明開化、富国強兵の路線を肯定する。政権交代とともに政務を一変させるのは誤りであり、政権は変えるが政務は基本的に継続すべきだと主張する。

これは現在の日本の状況に似ている。軽武装、経済重視でやってきた日本の外交は基本的には正しかった。それを担ってきたのは自民党である。だからといっていつまでも自民党であっては強い政府と強い人民の組み合わせは出来ない。政権交代が必要だ。しかし政権交代で何でも変えるというこ とであってはならない。そう思っている人は少なくないだろう。

『時事小言』の冒頭には、いつもの福沢らしい軽快さが見られない。繰り返しが多く、いまひとつ切れ味がない。しかしだんだんペースを上げていく。

福沢は明治十二年、大久保利通没(明治十一年)後の政局に一石を投じようと、議会開設論を書いた。それが全国に広がって大きな運動となったため、政府でも憲法制定、議会開設に向けた方針を考えるようになった。その中で、明治十三年の末、政府内部の開明派であった大隈重信、井上馨、伊藤博文の三人が福沢に接近してきた。近々憲法を制定し、議会を開きたいが、そのためには健全な世論の育成が不可欠である。その役割を担う新聞を作ってくれないかと依頼してきたのである。

大事を打ち明けられた福沢は、この仕事を引き受ける。しかし、その後には意外な展開が待っていた。いくつかの偶然もあって、井上・伊藤は大隈と対立し、ついに大隈を政府から追放することを決断する。これが明治十四年政変である。大隈の罷免《ひめん》とともに、福沢系の官僚は一斉に政府から出ることになる。大隈は当時天皇の行幸に供奉《ぐぶ》して、東北にいた。福沢が仮綴《かりとじ》の『時事小言』を東北に送ったのが十月一日、大隈罷免が発表されたのが十月十二日であった。福沢が『時事小言』の前書きを書いたのは七月二十九日で、北海道開拓使官有物払い下げ問題で、政府内部の権力闘争が頂点に達したころだった。福沢の筆致の晦渋《かいじゅう》さは、こうした事情と関係しているのかもしれない。

ところで、海外で日本の発展に着目していた学者に、公法・行政法のロレンツ・フォン・シュタインがいた。シュタインは日本で発行されていた英字新聞を購読しており、そこに掲載された『時事小言』の英文抄訳を読み、福沢に賞賛の手紙を送っている。世界の碩学《せきがく》に賞賛された福沢が感激して礼状を書いたのはもちろんである。

明治十四年政変で大隈・福沢と決別し、事実上の政府首脳となり、憲法制定にあたるのが伊藤博文だが、伊藤がヨーロッパで師事したのがシュタインだった。シュタインの影響を強く受けた憲法は、絶対主義的だといわれているが、そうでない面も多い。事実として、明治憲法が発布されてからわずか九年、議会開会からわずか八年で、藩閥は政党に政権を譲ることになる。その首班が大隈重信だった。

多くのハンディをかかえた中で、福沢のいう政権の変革と政務の継続は実現した。現代に、それが出来ないはずはない。大思想家の古典的著作というものは、何度読んでも面白い。時期が時期だけに、学生諸君との議論も夜遅くまで弾んだ。

（「Foresight」二〇〇九年十二月号）

香港の今

香港政府の招待で香港に行ってきた。一九九七年の返還以後、初めてである。

返還前後には、香港の将来について、いろいろ悲観的な予測があった。香港の自由、とくに法の支配は長くは続かないだろうとか、中国の経済発展、とくに上海の発展とともに香港の地位は低下するだろうという人が少なくなかった。

しかも九七～九八年にはアジア経済危機が到来して、香港の繁栄は危ういかに思われた。しかし中国の手厚い支援もあって、それを切り抜けた。今回の世界金融危機では、相対的に打撃は少なかった。多くの悲観的な予測を超えて、香港は自由と繁栄を謳歌《おうか》している。

言論の自由に制約がないわけではない。目に見えないところに踏み越えられない一線があるのだろう。しかし、行政長官に対する批判は日常茶飯事だし、法輪功《ほうりんこう》もデモもある。突然、反政府派が理由もなく逮捕されるようなことはない。

それでも民主派は満足していない。メディアの自由は、徐々に失われていると彼らは言う。大陸の経済の威力の前で、反大陸的な言論をすると経済界の反発を買うので、自制する傾向がみられるというのである。

六十人からなる立法会(議会)は、三十人が普通の選挙だが、残りの三十人は職能別代表で、多かれ少なかれ政府の息がかかっている。民主派がいくら地域選挙区で多数をとっても(現在、二十三)、全体の多数は望みえない。数年後に制度改革が予定されているが、それが職能代表制度の廃止になるのか、その他の形になるのか、まだわからない。しかし、現在でもシンガポールよりは民主的だし、今後さらにそうなるのだろう。

最初に政府の招待で来たと書いたが、こうした自由のおかげで、民主派の人にも会えるし、政府に批判的な学者にも会える。

香港の自由は、台湾を取り込むために必要だから今後も維持されるという見方がある。たしかに香港の自由を弾圧すれば、台湾は決して大陸に接近してこないだろう。しかし、現在の程度の自由度で、台湾が中国の一部になりたがるとは思えない。

他方で、中国は世界に認められるために、ショーウィンドウを維持するが、十分に自信をつければ、もはやそのような必要はないから、それから自由の喪失が始まると言う人もいる。そうかも知れないし、そうでないかも知れない。

中国の政策はたしかに注意深く練り上げられている。比較して思い出すのは戦前の日本だ。満州事変のあと、一九三二年にリットン調査団が出したレポートは、日本の主張を相当に認めた柔軟なものだった。どうしてこれを受け入れなかったのか。また塘沽《タンクー》停戦協定(一九三三年)のあと、ドイツやフランスやイギリスなどから、満州に投資しようとする動きがあった。ところが日本の単細胞な軍部は、日本の立場を認めない国は受け入れないとして、こういう動きを拒絶した。これを受け入れておけば、列強は事実上の満州国の承認へと進んだかも知れないのである。

それに比べ、中国の香港に対する政策は辛抱強く、したたかで、長期の利害を見通している。ただ、いつまでそれが続くかはわからない。官僚化が進むと、それぞれの部局が勝手なことを始めるかも知れない。

ここで学びたいと思うのは、香港の人々の粘り強い努力である。努力なしに学問の自由も表現の自由も政治活動の自由も、守れるものではない。また、上海や広東などの発展に対して、さらに優位を維持するための努力もしている。こうした生き残りのための必死の努力が、日本には欠けている。

世界は、アジアは、そしてとくに日本は、中国の急速な勃興と共存していかなければならない。香港のしたたかさは、その際に参考とすべき重要な教訓を含んでいるように思う。

(「Foresight」二〇一〇年二月号)

日中歴史共同研究の終了

日中歴史共同研究は、二〇〇六年十月の安倍晋三・胡錦濤両首脳の合意によって同年十二月に開始され、昨年十二月に最終会議を開き、今年一月に報告書を発表して終了した。共同研究の成果や意義や今後の課題などについて、あらためて述べておきたい。

共同研究は、古代から現代までの日中関係を対象とした。とくに関心の強い近現代については、時代順に三部(戦前、戦中、戦後)に分け、各部をさらに三章に分けて合計九章とした。各章は、その時期の日中関係史の大筋の流れについて日中が別々に書いた論文二本と、討議の要旨の合計三つの部分から成り立つはずであった(こういうものをパラレル・ヒストリーと呼んでいる)。

研究は比較的順調に進み、当初の目標であった二〇〇八年夏の報告書発表が可能かと思われたが、同年七月ごろから中国側が公表に消極的となり、一時は論文すべて(日本側中国側合計三十二本)の不公表を求める有り様であった。

しかし長い交渉の結果、各章の討議の要旨の部分と戦後の三章(六論文)を不公表にするということで妥協し、報告書の公表にこぎつけたわけである(くわしくは『外交フォーラム』二〇一〇年四月号掲載の拙稿参照)。

中国側は、日本側が日本の侵略を認め、南京虐殺の存在を認めたことが共同研究の成果だといっている。しかし日本側はそんなことは共同研究を始める前から当然のことと考えていた。実際、日本の歴史学者で、日本が侵略をしていないとか、南京虐殺はなかったと言っている人は、ほとんどいない。

ただ、専門家以外には、日本の侵略を否定し、また南京虐殺の存在を否定する人もいるので、今さらとは思うが、改めてこの点を論じておきたい。日本の誤った過去に触れるのは愉快ではないが、事実を直視せず、自らの過ちを認めないのはもっと恥ずかしいことだと思うからである。

たとえば満州事変を見てみよう。「満蒙は日本の生命線」という言葉がかつて存在したが、この地域における日本の合法的な権益は、旅順・大連の租借権や満鉄に関する権利など、南満州東部の一部の地域のものだった。

中国側が時々権益を侵犯したのは事実だが、関東軍は謀略によって軍事作戦を開始し、南満州と東部内蒙古の全域、そして日本が権益を有していない北満州まで、あわせて日本全土の三倍の土地を制圧したのである。これは自衛をはるかに超える武力行使と相手国主権に対する侵害であって、それを通常、侵略というのである。

南京虐殺については、南京作戦に参加した多くの部隊の記録に、捕虜〇〇〇名処分、などという記録がある。あらためていうまでもないが、捕虜には人道的な待遇をすることが大原則で、捕虜が極めて反抗的で、収容側の方が深刻な危険にさらされる例外的な場合を除けば、処刑等は許されないのである。

なお、世界のどの国でも、もっとも愛国主義的な団体は在郷軍人会であるが、日本の旧陸軍将校（および幹部自衛官）の団体である偕行社《かいこうしや》が南京で念入りな調査を行い、相当数の不法な殺害があったと認めている。

もちろん、われわれは中国側の言う三十万人の犠牲者などというのは実態からはるかにかけ離れた数字だと考えている。それだけでなく、多数の犠牲者が出たことには中国側にも責任があると考えている。

蒋介石は、軍事的に南京防衛は不可能と知りながら防衛を命じ、南京を脱出した。南京防衛を担当した唐生智《とうせいち》司令官も日本軍の総攻撃前夜に脱出している。

もし司令官が降伏を命じていれば、彼は軍法会議で裁かれるが、多くの兵士が助かっただろう。市街戦の場合、民間人も戦闘に巻き込まれるから、なおさらのことだった。このような中国側の行動が、大きな虐殺を引き起こした一因である。これは、第五章の日本側論文に明記してある。

日中歴史共同研究の報告書について、「歴史認識の差、埋まらず」と報じたメディアが多かった。しかし差を埋めることは、そもそもわれわれの主な目的ではなかった。両論併記というのも違う。極端に隔たって手のつけようのない問題に、両方の中道の歴史家の考え方を示すことで突破口を開くことが目的であって、パラレル・ヒストリーとは、そのための積極的な手法だった。

中国では、日本は侵略を認めていない、反省していない、謝罪もしていないと考えている人が少なくない。これに対し、日本側は日本の侵略は認めているが、中国側の主張は一方的で誇張されていると考えている。それを相手に読ませたかったわけである。

ここに攻守は逆転するのである。日本に侵略を否定する声が大きいうちは、中国は、日本は反省していないと主張し続けることができる。しかしわれわれが非を認めると、それがどの程度の非なのか説明せざるを得なくなり、守勢に回った。各章の「討議の記録」の削除を求め、戦後編の非公表を求めたのは、中国が受け身に立ったからである。

鳩山内閣は東アジア共同体の樹立を提唱している。その範囲も方法もはっきりしないが、東アジア諸国との関係を深めることは望ましく、必要なことだ。そのためには、歴史問題について、完全な解決はともかく、ある程度の解決が望ましい。そしてそのために、東アジア共通の教科書を考えてもよいと思う。

実施には慎重な考慮が必要だが、不可能ではない。日本が侵略と植民地支配の責任を認めていることを明確にし、どの程度どういう責任があったかを議論しようと呼びかければよい。

その際、東アジアにおいて日本が果たした積極的な役割も評価し、中国や韓国における負の側面も直視するようにしなければならない。歴史にはバランスが重要であり、すべて正あるいはすべて悪という歴史は存在しないからである。

また、外交だけでなく、内政にも目を向けるべきである。大躍進や文化大革命も当然含むべきである。内政と切り離して外交だけを論じるのは不可能だからである。また、日中、日韓などの二国間関係だけに視野を限るべきではない。日中関係を論じるのに、朝鮮戦争を避けることはできない。

冷戦の文脈なしに戦後日中、日韓関係史は議論できない。したがって、少なくとも東アジア全体を視野に入れるべきだろう。

さらに、第三国の学者の参加も歓迎すべきだろう。真理が直接的当事者にしかわからないというのは驕《おご》りであり誤りである。

このようにして、歴史学の大原則に立って、東アジアの歴史を共同で書くことを日本から提案したらどうだろう。中国や韓国が積極的に応じないだろうという人もあるだろう。それでも一向に構わない。その場合は歴史を直視していないのがどちらか、世界に明らかになるわけだから。

（「読売新聞」二〇一〇年四月十八日朝刊）

日本とメキシコ

二月に、メキシコのＩＴＡＭ（メキシコ自治工科大学）という大学に集中講義に行ってきた。日本で言えば上智大学のような小規模私立エリート大学である。国際交流基金の支援で吉田茂記念講座という日本研究講座が作られ、最初の講師として招かれたためだ。

そのきっかけは二〇〇八年の日墨国交百二十年だった。日本とメキシコは一八八八年に修好通商条約を結んだ。これは日本がアジア以外の国と結んだ最初の対等の条約だった。日本は当時、幕末に結んだ一連の不平等条約の改正に取り組んでおり、日墨条約はその過程における重要な一歩であった。

日本とメキシコ人の接触は、さらにさかのぼる。一六〇九年、前フィリピン総督の一行が、ヌエバ・エスパーニャ、つまり現在のメキシコに戻る途中、千葉県の御宿の沖で遭難し、地元民に救助された。徳川家康がウィリアム・アダムスの建造したガレオン船を贈り、一行は一年後にメキシコに戻るのだが、この間、三百人ほどの村人たちは、自分たちとほぼ同数のメキシコ人を受け入れ、一年間面倒を見たのである。

その数年後、一六一三年、伊達政宗が通商交渉を目的に、支倉常長《はせくらつねなが》をヨーロッパに派遣する。一行百八十人はメキシコに向かい、スペインに渡り、ローマに行った。スペイン国王やローマ教皇に謁見を許されたが、通商交渉は成功せず、一六二〇年に帰国したときはすでにキリシタンは禁制となっていた。

ところで、その少し前まで、メキシコ中央部を支配していたのはアステカだった。アステカは一三二五年に建国され、最盛期の人口は、五百万人に達していたらしい（江戸初期の日本は千二百万人程度）。ところが、一五二一年、コルテスの侵略によってあっけなく滅びてしまった。戦国時代のことである。アステカを含む先住民は千百万人いたが、殺戮《さつりく》と疫病《えきびょう》によって百万人になってしまったというから、すさまじい侵略であった。

スペインの支配から脱してメキシコが独立したのは一八二一年のことである。しかし一八六一年、メキシコは、フランス、イギリス、スペインによる侵略を受ける。イギリス、スペインはすぐに兵を収めたが、フランスは出兵を続け、一八六三年、メキシコを占領し、オーストリア皇帝の弟マキシミリアンを傀儡《かいらい》皇帝とするメキシコ帝国を樹立した。ただ、それは長続きせず、フランスは一八六七年に撤退し、マキシミリアン皇帝は処刑された。

同じころ、一八六四年、幕末の日本に新しいフランス公使としてやってきたのはレオン・ロッシュであった。彼のもとで、フランスは徳川幕府を支援し、それによって日本に影響力を確立しようとした。幕末の日本は、薩長を支援するイギリスと幕府を支援するフランスの対立が大きな軸であったことはよく知られている。そしてフランスの進出は、メキシコ干渉戦争（一八六一〜六七年）と同じく、ナポレオン三世によって推進された政策であった。

こうした対比は、世界史をちょっと勉強した人なら誰でも知っていることだが、意外に思い出すことの少ないものである。そこから浮かび上がるのは、西洋の膨張に対して他の文明がいかに対応したのかという世界史的な物語である。その中の様々な類似性や対照性を考え、楽しむことが出来たのが、今回の一番の収穫だった。

現在、メキシコは経済協力開発機構（OECD）の一員であり、最近ではG20の一員である。人口は一億を超え、一人あたり国民所得は一万ドルを超えている。貧富の差は大きいが、エリート層はしっかりしており、政府は地球温暖化対策にも熱心である。アメリカに強く依存しているが、反米感情も強い（あまり英語が通じないことには驚いた）。

西洋文明が圧倒的でなくなった現在、メキシコのような国を含め、世界史的な視野で考えることがとても重要だと思う。

（「Foresight」二〇一〇年四月号）

南アフリカと日本

二〇一〇年十月下旬に南アフリカを訪れた。

今年は日本と南アフリカとの国交百周年に当たる。それを記念して、ヨハネスブルグにあるプレトリア大学ビジネス・スクール（GIBS：Gordon Institute of Business Science）に、南部アフリカでは最初の日本研究センターが設立され、その記念シンポジウムに招かれたためである。GIBSは、世界のビジネス・スクールで四十何位かにランクされている、美しく立派な大学である。

世界中で日本に対する関心が低下していると言われているなかで、こういう研究センターが出来るのはうれしいことだ。そうした風潮に抗するため、日本財団では二年前から、日本を知るために不可欠な、英語で書かれた本を百冊選び出し（やがて二百冊、三百冊にする予定）、その内容を紹介した小冊子を世界中に送り、然るべき大学などには百冊セットで贈呈するという計画を始めていた。私もその選考に参加していたので、GIBSはちょうどいいケースだと考え、手配して贈呈してもらった。ちょうどシンポジウムに間にあってよかった。

南アフリカには二〇〇四年に一度行ったことがある。国連大使時代、NAM（非同盟運動）の会合にオブザーバーとして出席したのである。このNAMの大物は中国であって、中国代表が堂々と入場してきたら、その代表は旧知の王毅氏で、先方は大学教授だったはずの私を見て、あれ？という顔をしたことを思い出す。その時は冬だったが、今回は春で、ジャカランダの花が町中に咲き誇っていて本当に美しかった。

六年ぶりに南アフリカを訪れ、日本と南アフリカの歴史を考え、帝国主義の歴史や白人と有色人種の関係についていろいろ考えるところがあった。

南アフリカと日本との関係はかなり古い。最初に到着したのは、徳川幕府が派遣した留学生六人で、一八六六年一月にケープタウンに寄港している。そして一八九八年、古谷駒平という商人がミカド商会という店をケープタウンに開いて成功を収めた。古谷は十七年後に帰国するが、その後もこの店は繁盛したという。

それはちょうど第二次ボーア戦争の直前のことだった。

南アフリカには、十七世紀以来入植していたオランダ系移民の子孫であるボーア人と、のちにやってきたイギリス人が対立していた。イギリスの支配を嫌ったボーア人は、内地に移ってトランスバール共和国やオレンジ自由国を作り、一八八〇〜八一年には第一次ボーア戦争を戦って、独立を守った。

しかしダイヤモンドや金の発見でイギリスの進出は激しくなり、一八九八年から一九〇二年まで、第二次ボーア戦争が起こり、イギリスは勝利を収めた。しかし、この戦争はイギリスにとって、予想以上に苦しい戦争だった。世界の同情はボーア人の側にあり、残虐行為もあって、イギリスは世界の非難も浴びた。

ボーア戦争前後の南アフリカでもっとも有名な人物は、セシル・ローズであろう。ダイヤモンド（デ・ビアス社はローズの設立である）と金で巨万の富をなし、3C政策（カイロ、ケープタウン、カルカッタ）を唱え、世界中の出来るだけ多くの土地がイギリスのものになるべきだと信じた人物である。かつてのローデシア（現在のザンビアとジンバブエ）という国は、ローズの名にちなむものである。

ローズは明治日本の同時代人だった。日本最大の植民地政治家である後藤新平より四歳年長だから、後藤はローズのことを大いに意識していたに違いない。ローズの巨額の寄付によって作られたローズ奨学金は、アメリカなどからオックスフォード大学の大学院に留学する学生に与えられるもので、今でも続いており、クリントン元大統領など、多くの人材を輩出している。

なお、この戦争に従軍記者として参加し、捕虜になり、脱走して大いに有名になったのが、ウインストン・チャーチルである。一八九九年、彼が政界入りする前の年のことであった。

ところで、ボーア戦争のさなか、極東では一九〇〇年に北清事変が起こっている。義和団の乱である。これはイギリスにとって、アヘン戦争やアロー戦争に比べ、はるかに難しい戦争で、イギリスは日清戦争において示された日本の陸軍力に頼ることになった。ボーア戦争と北清事変は、一九〇二年の日英同盟締結の伏線だった。

なおボーア戦争にも北清事変にも、オーストラリアの義勇兵が参加している。オーストラリアは、戦前はイギリス、戦後はアメリカの参加する戦争に必ず参加する国である。それが、英米からの保護を受けるための条件だと、多くのオーストラリア人は考えている。日本流に言うと、巻き込まれ論よりも、見捨てられ論の恐怖の方が、ずっと強いのである。

ボーア戦争が終わって数年後、南アフリカは四つの州からなる南アフリカ連邦となった。一九一〇年のことである。日本との国交はその頃からなので、今年が国交百周年となっている。

第二次ボーア戦争の前、一八九五年から南アフリカで弁護士としての活動を開始していたのがガンジーである。当時、南アフリカにはインド人が多数住んでいたが、ガンジーは人種差別政策に抗議して、インド人の権利を守る運動を始め、二十年ほどしてインドに帰国する。ガンジーの思想と運動は、南アフリカの過酷な差別の中で生まれたものである。

さて、第二次大戦後になると、アフリカの国々が独立するようになり、南アは国際社会から孤立するようになった。その中で、日本人は名誉白人としての地位を与えられていた。それは、日本と他のアフリカ諸国との関係をはなはだ難しくしていた。

アパルトヘイトの廃止によって、南アフリカはアフリカ諸国と友好関係を回復し、日本とアフリカとの関係もよくなった。日本のアフリカ外交が活発化するのはアパルトヘイトが終わってからである。最初のＴＩＣＡＤ（東京国際アフリカ開発会議）が開かれたのは一九九三年のことだった。

南アフリカからは、これまで四人がノーベル平和賞を受賞している。黒人解放運動指導者のアルバート・ルツーリ（一九六〇年）、デズモンド・ツツ司教（一九八四年）、それにマンデラとデ・クラークである。このように多数のノーベル平和賞受賞者が出るということは、その社会が不幸な状態にあったということなので、めでたいことではないが、それでも凄いことである。

アパルトヘイト廃止のヒーローはネルソン・マンデラである。他方で、廃止に踏み切ったデ・クラーク大統領も凄いと思う。体制移行をスムーズならしめるため、その後、デ・クラークはマンデラに副大統領として仕えている。

ケープタウン滞在中に、デ・クラーク元大統領に会うことが出来た。いつ、どうやってアパルトヘイト廃止を決断したのか、短時間ではあったが、興味深い話を聞くことができた。またデ・クラーク大統領は、すでに六発保有していた核兵器を廃止した大統領である。たしかに南アフリカの置かれた状況からして、核兵器は安全を守ることに役立つかどうか、はなはだ疑問であるが、核開発に成功して廃止した唯一の例ではないだろうか。

二〇〇五年に日本がドイツ、インド、ブラジルとともに国連安保理の改革運動をしたとき、南アフリカは隠れたパートナーであった。しかし、アフリカ外交の中ではまだ新参なので、アフリカ全体の合意に縛られ、十分動くことはできなかった。

しかし現在の南アフリカは、さらに力をつけている。G8が拡大されてG20となって、アフリカからただ一カ国参加している。ワールド・カップの開催にも成功を収めた。

二〇〇八年から九年まで、南アフリカは安保理非常任理事国だった。しかし、そのときの行動の評判はあまり芳しくなかった。たとえばミャンマーに関する決議案で、ミャンマーを擁護するような立場をとってきた。これは、南アフリカの歩んできた道を台無しにするものである。

おそらく南アフリカはその外交的アイデンティティを模索しているところなのだろう。以前はアパルトヘイトだったから、そうではないところを示さなければならない。だからNAMの会合も開催する。しかし、伝統的な途上国の立場をとり続けるわけにもいかない。マンデラの伝統を引き継いで、発展する途上国でありながら、人権にコミットする国になる可能性は十分にある。そういう方向なら、日本が共同歩調を取る可能性はさらに高まる。かつての名誉白人という地位は、相互の利益のためのものだった。そうした連携ではなく、本当のパートナーとなっていくべきだし、それは可能だと考える。

（「IIPS Quarterly」第二巻第一号、二〇一一年一月十二日発行）

東日本大震災と国際協力

過去十数年の間に、自然災害に対する国際社会の対応には、大きな変化が起こっている。

一九九五年一月の阪神・淡路大震災のとき、多くの国々が救援にかけつけてくれた。スイスの救助犬の活躍など、まだわれわれの記憶に新しい。日本のような先進国であれほど大きな被害が出ることも、世界から救援を受け入れることも、それまで予想もしていなかった。

二〇〇〇年にはインドで大きな地震があった。たまたま私は日印賢人会議でインドを訪問したときだった。インドはがんらい自力更生を重視する国で、それまで外国の援助を受けたことがなかったのだが、このとき初めて外国からの援助を受け入れて話題となった。

二〇〇四年の秋、私が国連大使だったころ、アジア太平洋地域の防災協力ネットワークを作ろうという話が持ち上がり、日本がリーダーシップをとって、何度もアジア太平洋諸国の会議を開いた。チリ津波の被害の話をしたこと、かつて洪水の被害で有名だったバングラデシュで、洪水の被害はずいぶん減っていることなど、よく覚えている。みな前向きで、計画は順調に進んでいたのだが、ネットワークが実現する前にスマトラ沖大地震が起こってしまった。今回の東日本大震災以上の世界史上有数の大地震で、巨大津波が起こり、死者二十二万人といわれている。ただ、世界各国の対応は予想以上にスムーズだった。以上に述べた防災ネットワークづくりの過程で、ある程度心理的な準備が出来ていたことも、その一因だったように思う。なお、このとき大きな役割を果たしたのは、アメリカの海軍の迅速な動きと、日本の潤沢な資金の提供だった。日米同盟はアジア太平洋の国際公共財であるという主張が、実際に現れた時でもあった。

今年(二〇一一年)の三月、私はルワンダを訪問した。私はアフリカの貧困削減支援を目的とする小さなＮＧＯ(ミレニアム・プロミス・ジャパン)をやっているのだが、その関係で、ルワンダでも最も貧しいといわれている村の一つを訪れたのである。そのとき、現地の子供たちに若干の文房具をプレゼントした。その一部は、気仙沼の中学生から託されたものだった。帰国した翌日、大震災が起こり、気仙沼も津波で大打撃を受けた。大変なショックだった。

ルワンダからはすぐにメッセージがやってきた。村の多くの人々や子供たちが集まって、「Pray for Japan」というカードを持ち、日本のために祈ってくれている写真を見て、胸が熱くなった。

なお今回はアフリカのほとんどの国々から支援金が寄せられ、南アフリカからは救援チームまでやってきた。南アフリカはいまではG20の一員だから不思議はないが、まだ寒い中で四十数名の救援隊がしばらく活動してくれたことには驚いた。

三月末から四月のはじめにかけては、AAS（Association for Asian Studies）の総会がハワイで開かれ、私はキーノート・スピーカーとして招かれていたが、地震と津波に関するパネルが急遽設置され、私もパネリストを依頼された。朝七時半からのパネルだったが、満員の聴衆で、熱気にあふれる会合となった。

「トモダチ作戦」に代表されるアメリカの強力な支援の背景にあったのは、何よりも長年の友好同盟関係の中で築かれた、こうした研究者や国民一般の日本に対する好意だったと思う。とくに驚いたのは仙台空港の復興だった。東北への支援の鍵は仙台空港であると判断し、なかば水没し、瓦礫《がれき》におおわれて長期間使用不能と思われていた仙台空港に、米軍が出動し、自衛隊と協力しつつ、ほとんど一日の突貫工事で使えるようにしてしまった。地震から五日目の三月十六日のことである。

We pray and wish Japan well.

May God help people of Japan. Nyesiga Jetensia p.6 RYAMIYONGA PRIMARY SCHOOL.
.May God bless you. Nayebare Clare p.6
.may God help you to over come the problems. Korishaba mako
may God gives you peace. Atuzarirwe caroline p.6
I wish God to stablise Japan. NATUKUNDA PATIENCE p.6
may Lord God Stablise our people of Japan Tumusiime ORivious p.6
I wish to over come the Problems faced ORISHaba Oliver p.6
may God assist the people of Japan for the problem face
may God help you to over come the problems, Tukamusha
may God bless you Mubangizi stephen P5.
may God help people of Japan ~~nyesiga~~ Anitah Lucky P5
I wish ~~to~~ God to stablise Japan. musiimenta claire. P5
may Lord God stablise our people of Japan Biryomumaisho.
May the almighty God help the people of Japan to over com
God is in your midst T.R. AGABA Remegio
May God almighty be with you Teacher, max p.6
many God bless you

考えてみれば、これはアメリカの特技である。太平洋戦争では、アメリカは一つ一つ戦略的に重要な島嶼《とうしょ》を確保し、飛行場をつくり、日本に近づいてきたのである。

四月二十三日にはオーストラリアのギラード首相が来日して、被災地を訪問してくれた。その前日にはチャリティー・ディナーが開かれた。そこでは、オーストラリアの小学生からのメッセージが伝えられ（オーストラリアは小学校から日本語を教えている学校が、外国ではもっとも多い）、現場で活動している救援隊の隊長がかけつけて報告を聞かせてくれた。オーストラリアは四機持っている大型輸送機のうち、現在使える三機すべてを日本に提供してくれた。われわれはアメリカに続いてオーストラリアと韓国を準同盟国と呼ぶことがあるが、本当に素晴らしい協力ぶりだった。

それから、資金面では、台湾からの支援が突出していた。米豪台の三国（台湾は厳密には国ではないことになっているが）の支援が、もっとも有難かった。

五月の連休には、カンボジア、ラオス、ヴェトナムを訪問した。カンボジアでは大使館が応接に追われるほど、いろいろな支援が届いていた。

今、東南アジアでは中国の進出が著しい。しかしどこも主権国家として中国の思い通りにはなりたくない。カンボジアのフンセン首相は、中国が作った首相府の建物を、口実を作って断り、別の建物にオフィスをおいている。中国に圧倒されないようにするためには、日本との緊密な関係が不可欠だ。

中国の圧力にさらされている点ではラオスはそれ以上である。そして日本への期待も同じである。

もっと直截に日本に対する期待を明言するのはヴェトナムである。南シナ海(ヴェトナムでは東海という)の領土と経済水域をめぐって中国と争っている。その関係で、日本の技術力に対する期待は強い。日本からの原発の導入にも鉄道の導入にも、動揺はない。こうした日本に期待してくれる国の為にも、日本はしっかりしなければならないと思う。

偶然にも、この間訪問したルワンダとカンボジアは、近い過去に人類史上最悪ともいわれる、恐るべき虐殺が起こった二つの場所である。

カンボジアではポル・ポト政権の下、一九七〇年代の後半に人口のおよそ二割、二〇〇万人が殺されたと言われている。その解決のためには国際社会の強力な支援が必要であり、その中で日本は大きな役割を果たした。和平の実現のために貢献し、さらに一九九二年にはカンボジア暫定統治機構(UNTAC)に自衛隊を派遣し、明石康氏がリーダーを務めたことも記憶に新しい。これは日本にとって最初であり、またこれまでのところ最大のPKOとなった。現在、当時の責任者に対しては、国連が関与する形でのクメール・ルージュ裁判が行われており、そこでも日本は判事をやり、また最大の支援国となっている。

ルワンダでは、わずか一〇〇日の間に一〇〇万人の虐殺が行われた。自然災害は怖いが人間の災害はもっと怖いのである。ソマリアのPKOで悲劇が起こり、各国とも腰が引けていたので、ルワンダでは国際社会の対応が遅れた。あの遅れがなければどれほどの人が助かったかと、現地での国連への批判は厳しい。いずれにせよ、人間の起こす紛争は自然災害よりももっと大きな被害者を出すことがある。それを防ぐためのＰＫＯに、日本はもっともっと参加すべきだと痛感する。

六月四日、京都の大徳寺の国宝・方丈で音禅法要が行われた。パーカッションのツトム・ヤマシタがプロデュースし、サヌカイト(黒曜石)で造った楽器を演奏する。それに赤尾三千子の横笛、大徳寺僧侶の読経、それに、インドネシアのアチェから招かれた伝統音楽の名手たちによる祈りの集まりだった。アチェから始まって、今度の東北に至る多くの犠牲者の冥福を祈り、生きとし生けるものすべてを祀る催しだった。暑い京都の午後、なぜか涼しい風も吹く中、素晴らしい機会に参加できたことを幸運に思っている。

以上駆け足で、私の見聞きした範囲で、災害と国際社会の関係を振り返ってみたが、さらにさかのぼれば一九二三年の関東大震災がある。このときもアメリカは巨額の寄付をしてくれている。東京大学の図書館の本館は、ロックフェラーの支援によって建設されたものである。

しかしその一方、戦前の日米関係の大きな傷となった排日移民法は、関東大震災の翌年、一九二四年に成立しているのである。国際関係において善意をあまりあてにし過ぎてはならない。

ただ、戦後の日本は日米関係を基軸とし、世界に友好関係を広げていった。今回の各国の反応から、それが正しかったことが指摘できるのではないだろうか。

(「IIPS Quarterly」第二巻第三号、二〇一一年七月二十日発行)

高坂正堯著作集
日本外交史
日本政党政治の形成
三谷太一郎著
「死の跳躍」を越えて
アメリカ政治外交史
斎藤眞 著
こまが廻り出した
史観宰相論
松本清張
文明論之概略
独立自尊
北岡伸一
国連の政治力学
北岡伸一著
清沢洌
北岡伸一著
後藤新平
北岡伸一著
グローバルプレイヤーとしての日本
北岡伸一
自民党
政権党の38年
北岡伸一
日本政治史
外交と権力
北岡伸一
有斐閣
「普通の国」へ
北岡伸一
戦後日本外交論集
講和論争から湾岸戦争まで
北岡伸一
中央公論社
日本の近代
5
政党から軍部へ
1924～1941
北岡伸一著
中央公論新社
日本陸軍と大陸政策
北岡伸一著
東京大学出版会
暗黒日記 I
清沢洌
復初文庫 11
評論社
暗黒日記 II
清沢洌
復初文庫 12
評論社

第2章

書物との対話

『文明之論概略』再読

◆文明の本質と進歩

『文明論之《の》概略』（以下『概略』）は福沢諭吉（一八三五～一九〇一）の最高傑作であり、広く日本思想全体を見渡しても、最高の古典の一つである。日本の政治や社会を理解するには、今日においても、もっとも重要な本の一つであろう。

書名のとおり、これは文明を論じた著作である。文明とは何か。文明における進歩とは何か。それはどうして起こるのか。西洋文明と日本文明はどこが違うのか。日本は西洋文明にどのように向き合うべきか。こうした問題を本格的に論じたものである

『概略』成立の経緯は、福沢の他の著作と大いに異なっている。たとえば『西洋事情』は、一八六六（慶応二）年から少しずつ出版され、『学問のすゝめ』も一八七二（明治五）年から七六年まで、

およそ五年にわたって全十七編が刊行された。

これに対して『概略』は七四年二月に着想され、集中的な読書と執筆により、七五年八月に一度に出版された。福沢は後年回顧して、それまでの著書や訳書は、もっぱら「西洋新事物の輸入」と「我国旧弊習の排斥」を目的にした「いわば文明一節ずつの切売」だったが、世態がようやく静まってきたので、西洋文明の概略を記して世間に示そうと考えたと述べている。

もちろん、これまでの仕事が切り売りであったというのは謙遜である。『西洋事情』における福沢の西洋理解は凡百の追随を許さぬものだし、『学問のすゝめ』も、平易なスタイルのなかに独創的な思想を盛り込んだ著作である。

しかし、『概略』に着手した福沢の意図は真剣だった。『概略』脱稿後、福沢は友人にあてて次のように述べている。「実は私義洋書並に和漢の書を読むこと甚狭くして色々さし支多く、中途にて著述を廃し暫く原書を読み、また筆を執りまた書を読み、如何にも不安定なれども、……間違たらば一人の不調法、六ケ敷(難しき)事は後進の学者に譲ると覚悟を定めて、今の私の知恵だけ相応の愚論を述たるなり」

着想したとき、福沢は三十九歳であり、留学経験を持つ若い世代が出現しつつあった。おそらく彼らを意識しつつ、福沢は全力でこの著作を完成させたのである。

◆西洋文明の相対化

『学問のすゝめ』の初編が刊行されたのは、一八七二(明治五)年のことだった。洋学者たちは、攘夷と思われていた新政府が改革路線に向かったことに狂喜した。廃藩置県が断行されたとき、福沢たちは「この盛事をみたる上は死するも憾《うら》みなし」と叫んだ。その興奮が同書には溢れている。

一方、福沢が『概略』に着手したのは、七四年二月だった。前年の十月征韓論で敗れた西郷隆盛や板垣退助らが下野《げや》した後、一月には民撰議院設立建白書が提出され、愛国公党が結成された。文明開化の波は一段落しつつあるものの、その後の方向性については予断を許さない時期だった。

福沢が『概略』を著すにあたって、とくに参照したのは、フランスの政治家・歴史家ギゾーの『ヨーロッパ文明史』と英国の歴史家バックルの『英国文明史』だった。しかし、これらは当然ながら日本や中国をカバーしていない。福沢はこれらを完全に咀嚼《そしゃく》して、アジアの状況に考察を及ぼし、新しい概念や分析枠組みを創造して、独自の文明論を提示したのである。

『概略』は短い緒言と十章から成り立っている。

緒言においてまず福沢は文明論の定義を行っている。それは人間(ただし個人ではなく衆人)の精神発達の議論である。これを議論したのは、日本が文明のあり方において大きな変革期を迎えていたからである。日本文明は長い歴史を持ち、仏教、儒教など外からの影響を受けてきた。ところが、西洋との接触によって大きな差異のある異質の文明の導入が始まった。これをどう捉えるべきか。日本文明はどこへ行くのか。

これははなはだ難しい問題である。しかし日本人に有利な点もある。それは日本が後発の立場にあることである。西洋諸国にとって、西洋文明は当然のものであるが、日本にとってはそうではない。それ故に、西洋文明を相対化して捉えることができる。

続く第一章は「議論の本位を定《さだむ》る事」というやや謎めいた表題がついている。福沢は言う。軽重といい、長短といい、大小といい、何事も相対的である。城は守る者には「利」だが、攻める者には「害」である。すべては相対的なのだから、何のための議論かによって、利害得失の判断も変わってくる。

これは、西洋文明を絶対化するのではなく、相対化しつつも、当面はそれを受容するのが当然であるとする議論へとつながっていくのである。

◆気風の改革

『概略』第二章「西洋の文明を目的とする事」は、本書の中心的な章の一つである。ここで福沢は、軽重是非は相対的なものとした点を踏まえ文明開化も相対的だという。現状、欧米が最上、トルコ、中国、日本などアジアを半開、アフリカなどを野蛮(原文のまま)とするのが通論とみる。

野蛮とは、食も住も不足しているか、足りていても器械を用いる工夫がなく、文字はあっても文学はなく、ただ自然の力を恐れて偶然に依存する状態をさす。ついで半開は、農業が進み、都市化が進み、国家をなしているが、なお不足が多い状態である。文学はあっても実学は乏しく、「人間交際に就《つい》ては、猜疑《さいぎ》嫉妬《しっと》の心深しといえども、事物の理《ことわり》を談ずるときには、疑を発して不審を質《ただ》すの勇なし」、模倣は巧みだが創造能力に欠け、もっぱら旧慣にしたがって生活している。

文明は以上と対照的である。天地の法則を知るが、その中で活発に活動し、「気風に快発にして旧慣に惑溺《わくでき》せず」、自立独立で他人の恩威に依存せず、自ら徳と智を磨き、いたずらに昔を慕わず、現状に満足せず、小さな成功に満足せず、未来の大成を謀る、という。注目すべきは、福沢が精神的態度を、文明開化の尺度として重視していることである。

こうして西洋文明が当面進んでいて、これを取り入れるとすれば、西洋文明のうち、何を取り入れるべきか。福沢によれば、文明には外に現れるものと内に存する精神がある。外に現れるもの、たとえば鉄道などの導入は比較的容易だろう。しかし政治や法律などは難しい。文明の精神はさらに難しい。しかし文明の精神を取り入れなければ意味はない。文明の精神、すなわち人民の気風の改革こそ、もっとも中心的なものである。こうした精神、気風への着目が、福沢の特色であった。

次に、福沢は西洋文明をめざす点において、日本と中国がどのような関係にあるかを比較する。「自由の気風はただ多事争論の間にありて存するものと知るべし」というのが彼の立場である。ところが、中国では周代末の百家の後、独裁となり、自由の気風が失われた。それに比べ日本では、朝廷と武家の二元政治のせいで、中国より自由の条件があり、西洋文明の導入に適しているというのである。

ここから福沢は、各国の歴史を国体、政統(政体)、血統の三つの角度から分析する。これは、のちに多くの議論を呼ぶことになる。

◆国の独立の維持

福沢は『概略』中で「国体」「政統」「血統」という言葉を巧みにもちいる。とくに国体は独特の意味で使っている。それは「ナショナリティ」の翻訳であり、人種や宗教や言語や地理や共通の歴史で結ばれた人々が、一つの国を建てているさまを指している。したがって国体の維持とは、独立の維持のことである。中国では宋が民族の異なる元に敗れ、同様に明が清に敗れて国体を失ったが、日本の国体は一貫しているという。

次に政統とは、今日の言葉でいえば政体のことである。オランダは共和制にも王制にもなっている。日本では、実権を握るのは藤原氏の時代もあったし、北条氏の時代もあった。それが変わっても独立が維持されれば問題はない。

血統の重要性はさらに低い。君主の血統が途切れ、あるいは変わっても政統(政体)が変わるわけではない。まして国体が変わるわけではない。他方で東洋の一部地域のように、血統が維持されても外国(英国、オランダなど)の支配下に入れば、国体は失われてしまうというのである。

当時、西洋文明の導入は、伝統、とくに日本の固有の政治体制と矛盾するという議論があった。福沢は、国体、政統、血統の区別をたてることによって、伝統に固執しすぎて西洋文明の導入に反対することが、もっとも肝心な国体、すなわち国家の独立を危うくするものだと批判したのである。

よく知られているように、のちに国体という言葉は「万世一系の天皇」が日本を統治する体制のことだとされた。福沢のいう「国体」は、これと大きく異なる。それどころか、政統（政体）や血統は国家の独立に比べて二次的な重要性しか持たないと述べたのである。これは戦前にあってはかなりの危険思想だった。そのため、当時『概略』の出版の際には、一部を削除せざるをえなくなったのである。

第三章「文明の本旨を論ず」において、福沢は文明をもう一度次のように定義する。簡単にいえば文明とは、「人の身を安楽にして心を高尚にする」ことであり、「衣食を饒《ゆたか》にして人品を貴くする」ことである。

もっとも、このうち一つだけでは文明とはいえない。ただ「安楽」を求めるだけでは蟻や蜜蜂と変わるところがないし、反対に「品位」があっても、極貧の儒者のようではいけない。この両方が同時に進むこと、すなわち「人の安楽と品位の進歩」が文明なのである。

◆智徳と衆論

このように福沢は、文明とは「人の安楽と品位との進歩」であると考えた。そしてそれをもたらすのは智と徳であると言う。たしかに、智によってより快適な生活が可能となり、徳によって品位は向上する。

ここで重要なのは、個々人の智徳ではなく、国全体における智徳である。

孤立した優れた人物は社会を動かすことはできない。孔子が当時の社会を動かしえなかったのは、彼を用いなかった諸侯のせいではない。楠（楠木）正成の死は後醍醐天皇のせいではない。これは時勢のゆえであり、人民の気風のせいであった。言い換えれば、衆論に支えられていなかったからであったと福沢は言う。明治にあっても、政府の仕事が進まないのは、二、三の官僚のせいではなく、衆論の罪である。天下の急務は衆論の非をただすことである。

では、衆論とは何か。文字通りに言えば、それは多数の議論ということである。しかしたんなる数の問題ではないと福沢は言う。

第一に、衆論において重要なのは論者の数ではなく、論者の仲間に行き渡った智徳の分量である。優れた少数は凡庸な多数を圧倒して衆論を形成することができる。

明治維新にしても、全国で二割にも満たない武士たちの、そのまたごく少数の中から出た議論である（福沢は全国の人口三千万人のうち五十万人にも満たないと計算している）。廃藩置県にしても華族士族の七、八割は反対だったが、彼らは二、三割の改革家に抵抗できなかった。

なお福沢は変革の原動力について、「概してこれをいえば、改革の乱を好む者は知力ありて銭なき人なり」と述べている。これは『学問のすゝめ』におけるミドルクラスへの期待と同様である。洋学を学んで時代をリードした自負が、そこにはあった。

第二に、個人が優れていても、結合しなければ力にならないということである。日本では長らく徒党を組むのを禁じた。しかし、有志で議論することで、より高い智恵に到達することがある。そこから福沢は「交際」を重視する。西洋諸国における有志の議論は、その国民一般の意見より概して高尚であり、東洋ではその逆である。その理由は、習慣に制せられて自由闊達な交際と議論ができないからだと、福沢は指摘している。

福沢が日本最初の社交クラブともいうべき交詢社《こうじゅんしゃ》の設立を呼びかけ、またスピーチを重視したのは、このような考えから出たものであった。

◆智徳の公私

第六章と第七章で、福沢はさらに智徳に関する議論を続ける。

徳には私徳と公徳があり、智には私智と公智（あるいは大智）がある。私徳とは、謙虚や律義など、一心（一身）に属するものであり、公徳とは廉恥《れんち》や公平など「外物に接して人間の交際上に見《あら》わる」ものをさす。私智とは物の理を究めてこれに応じる働きをいい、公智はこれを時と所を選んでさらに大きな目的に用いることをいう。

この四つのうちもっとも重要なのは公智である。アダム・スミスの経済学やジェームズ・ワットの新型蒸気機関のような、社会に大きく貢献する智恵がこれにあたる。一方、囲碁将棋が上手というだけでは私智にとどまる。

また私徳に対する公徳では、奴隷制度を批判したトマス・クラークソン、監獄の改良を主張したジョン・ハワードが一例である。これは、いわば私徳と智恵が結合したものとして高く評価する。

伝統的に日本や中国では私徳が重視され、時代とともに徳がすたれ、社会が智に傾くと嘆くことが多い。しかし、文明の進歩によってルールで律する分野を増やすことは、実は智を利用して徳を広く浸透させることにつながる。しかも、智は学問によって獲得し進歩させることができる。こうして、福沢は学問（実学）の重要性を強調する。

続く第八章「西洋文明の由来」は、第九章「日本文明の由来」への導入部として置かれている。この章は一見、仏の歴史家ギゾーに拠るところが多いが、実は相当にオリジナルな視点を含んでいる。

第八章の中心命題は、西洋文明の根源はその多元性にあるという指摘である。西洋文明の特色は、社会のあり方について諸説があり、相互に譲らないことである。政治の仕組みでいえば、君主政と神政と貴族政と民主政が相互に相譲らない。それぞれが相譲らなければ、たとえ不満でも、相互に共存するしかない。共存すれば、ある程度相手の立場を認めざるをえない。かくして、それぞれの立場が、全体としての西洋文明の一部をなす。そうした異なる立場の共存の中にこそ、自主自由は生まれたのだと福沢は言う。

こうした観点から福沢は、ローマ帝国の一元的支配の崩壊後、封建領主の割拠、宗教権力と世俗権力の対峙、自由都市など、多元的要素の競争的共存の中に自由が生まれ、社会のダイナミックな発展があったと指摘している。今日でもなお傾聴に値する指摘である。

◆日本の課題とは

第九章「日本文明の由来」は、おそらく本書でもっとも有名な章である。前章に述べた西洋文明の多元性と対比し、日本文明は対照的だと福沢は指摘する。

とくに問題なのは権力の偏重である。日本では、男女では男、親子では親、兄弟では兄が重視され、さらに長幼、師弟、主従、貴賎、本家末家など、すべてに序列がつけられる。長官は下役を威圧し、下役は名主を威圧し、名主は小前の者を威圧する。「甲は乙に圧せられ、乙は丙に制せられ、強圧抑制の循環、窮極あることなし。また奇観というべし」という。

それは古代に王室に権力が集中したことに始まった。次に武家に権力が集中した。それ以後の変化を含め、日本には政府の交代はあっても本当の意味の権力の交代、つまり国民を巻き込んだ大きな変革はなかった。それゆえ人民に国家の主人という意識が欠けている。「日本には政府ありて国民(ネーション)なし」と福沢は断ずるのである。

そして第十章「自国の独立を論ず」において『概略』の結論が述べられる。

日本の最大の課題は、西洋を中心に作られた近代国際社会に参入し、発展することだった。そのためには、日本は主権国家としての地位を確立せねばならず、またそれには国民に基礎を置いた国民国家にならねばならなかった。ところが「君臣の義」「上下の名分」などの古来の風習に阻まれ、人民は容易に「国民」になれない。そこに最大の問題があると福沢は考えた。

国際社会は過酷である。西洋諸国はしばしば美しい理念を掲げるが、事実においては貪欲で容赦ない。国際社会のルールに従って自由に貿易、往来し、自然に任せればよいという意見もある(中江兆民『三酔人経綸問答』の洋学紳士君や今日のグローバル市民という議論を思い出させる)。しかし現実はそういうものではない。江戸時代においても、個人の間でそういう交際はありえたが、ひとたび藩レベルのこととなれば、各藩は激しく競争した。それと同様、国家には必ず一種の偏頗心《へんぱ》があって、競争は不可避である。

外国交際は日本の「一大難病」である。英国に千の軍艦があれば、万の商船があり、万の商船があれば、十万の航海者がいる。十万の航海者のためには多くの学者と整備された法律と商業の発展と、人間交際が必要である。

こうして福沢は、強兵よりも富国、それよりも政法、さらにそれよりも精神革命が重要だと喝破したのであった。

◆国民の真の自立

『概略』は福沢の全著作の中で機軸の位置を占める。それまでの福沢は伝統の破壊を目的に、徹底した儒学批判を行ってきた。しかし『概略』では旧来の儒者にも読ませようと、儒学的表現も用い、また儒者の年齢も考えて大きな文字を使った。福沢は儒学にも深い理解をもっており、少年時代、『左伝』(五経の一つ『春秋』の注釈書)全巻を十一回通読したという。そうした深い儒学の素養なしには高度な洋学の摂取も不可能だった。

そして『概略』以後、福沢の言説には士族擁護論が増えてくる。西南戦争後に西郷隆盛を惜しんで書いた「明治十年丁丑公論」(公表は約二十年後)はその例だし、娘の配偶者にも士族を希望していた。要するに、福沢を若いころの啓蒙的、伝統破壊的役割だけで理解するのは誤りなのである。他方、『概略』以後、福沢は現実の政策論を展開するようになり、その中で積極的な富国強兵論を述べるようになる。その延長戦上に、福沢は脱亜論者であり大陸進出論者であるというイメージが成立していった。

しかし最近の研究では、彼によるとされる言説のうち中国や韓国に対し極度に侮蔑的な表現を含むものは、実は福沢の著作でないことが明らかになりつつある。大アジア主義の元祖福沢というのも誤解で、彼が構想したのは親英米的貿易国家、海洋国家だった(拙著『独立自尊——福沢諭吉の挑戦』中公文庫を参照)。このように『概略』は福沢の前・後半生をつなぐ、その意味でも機軸となる著作である。

『概略』は、世界的な規模で古典的な性格を持つ著作である。非西洋諸国の近代化という普遍的な課題に真っ向から取り組んだ著作だからである。今日、世界の二百近い国々の半ば以上は、まだ自由でも豊かでもない。そうした国々にとって、『概略』は今なお多くの示唆を含んでいる。

現代の日本人にとっても、『概略』における福沢の問題提起は過去のものではない。われわれは「権力の偏重」や習慣への依存を超えて、自立した思考を持つ国民となっているようには思えない。

維新後、「兵馬の騒乱」は終わったが「人心の騒乱」は続いているという認識の下に『概略』は書かれた。冷戦後、グローバル化が進む世界において、日本は依然として一種の「人心の騒乱」の中にある。『概略』はさらに読まなければならない著作である。

(「日本経済新聞」二〇〇七年六月二十八日朝刊から七月九日朝刊)

松本清張『史観宰相論』を読む

『史観宰相論』は、最初『文藝春秋』一九八〇年八月号から十二月号にかけて連載された。当時のタイトルは「私観・宰相論」だった。そしてすぐに『史観・宰相論』(文藝春秋)として刊行され、一九八五年には『史観宰相論』として文庫化された。

本書の冒頭で松本清張は、理想の宰相論を探しても意味がないので、かつて現に存在した指導者を描くことによって、宰相の条件を探りたいと述べ、大久保利通から話を始めている。もちろん、正式には伊藤博文が初代首相であり、その就任は大久保の没後七年余の明治十八年のことであるが、事実上、近代日本の最初の首相が大久保であることに、異論を唱える人はないだろう。

清張は反権力を貫いた人として知られている。政界や官庁や企業などはもちろん、大学、芸術、出版、宗教などの世界において、権力に翻弄される庶民の悲哀を描いてきた。とくに中下級の権力者の欲望や恣意《しい》の犠牲となった被害者が、その事実を追及し、復讐を決行するが、最後に破綻してしまうというストーリーは、清張のもっとも得意とするところであって、他の追随を許さない。そうした作品群は、日ごろ何らかの不合理な状況に不満を感じていた国民に、広く愛読された。

また清張は、現実の政治の世界では日本共産党の一貫した支持者であり、一九七四年には、共産党と創価学会との間で、今後十年間両者は敵対をやめ、和解を進めるという内容の共創協定を成立させるために尽力した。共産党と公明党とは、ともに低所得者層を支持者とし、競合関係にあったがゆえに対立も激しかったが、清張は、どちらも民衆の政党であるという立場から、協力させようと考えたのである。

しかし清張はただ権力を悪とみなすような、陳腐で皮相なリベラルなどではなかった。権力が必要であるゆえんも、権力者の孤独も、よく知っていた。だいたい、権力は軽いほどよいというほど単純な権力観から、あれほど鋭い人間描写が生まれるはずはない。

それは彼の大久保についての分析にも明らかである。清張は大久保の冷徹な合理主義、責任感、使命感を評価し、その近代化路線は画期的であると述べている。所詮は権力者で民衆のことなど考えていないという留保をつけながらも、大宰相だと述べている。その逆に、世間で人気の高い西郷に対しては、維新以後は視野が狭く、評価に値しないと、著しく冷たい。木戸孝允についても、所詮批評家であり、「人物といい識見と手腕といい大久保が数等上だ」と断じている。権力を持っているにもかかわらず、責任感を持って行使しない人に対して、より厳しいのである。

大久保のあとを継いだのは、伊藤博文と山県有朋であるといい、二人を対比しているが、清張の興味は山県のほうにあったように感じられる。好意的であるというわけではないか、少なくとも拒絶的ではなく、山県が何を恐れ、何ゆえにかたくなだったか、鋭く見抜いている。清張は『象徴の設計』（新潮社）において、軍人勅諭の制定を中心に山県を描いており、『小説東京帝国大学』（文藝春秋）でも、大逆事件などを中心に、山県を主人公の一人としている。清張は軍や軍の思想を嫌い、またこれと結びつきを持った皇国史観を嫌っていたが、そういうものを作ろうとした山県などの心理には、深い興味があったのだろう。

私は、山県は強いコンプレックスの持ち主であり、猜疑心《さいぎしん》が強かったので、他者を恐れて権力の装置を固め、また対外的にも臆病なほど敏感であったがゆえに、過剰なまでに軍備を持つことを求めたと考えているが、そのあたりを清張は鋭く見抜いている。政治史を専門とする研究者の中には、清張よりはるかに多くの資料を読みこなしているものの、こうした権力者の心理に肉迫できていない人が少なくない。

他方で、伊藤博文については、意外にあっさりしている。山県より伊藤はいわば善玉なのだが、そういうことには興味がなかったのではないだろうか。むしろ、どろどろした情念を感じさせることの少ない健康的な伊藤には、食指が動かなかったのではないかというのが、私の推測である。

明治末期から大正においては、原敬のリアリズムに高い評価を与えている。ただ、大正以後には、資金問題に強い関心を示していて、原についても、政友会の資金を十八年にわたってまかなったが、ついに尻尾を出さなかったと書いている。他方で、原のライバルであった加藤高明については、逆境にあって憲政会を束ね続けたことができたのも、結局は巨大な資金を持っていたからだとして、さほどの評価は与えていない。

昭和の政治史については、清張の代表作は『昭和史発掘』（文春文庫）であり、専門家から見ても、いまだに教えられることの多い傑作である。本書における昭和の宰相論は、この『昭和史発掘』を裏側から見るような趣がある。

たとえば一九二四年から三二年に至る政党政治、とくに若槻礼次郎や田中義一についての分析は、『昭和史発掘』の「陸軍機密費問題」「石田検事の怪死」「朴烈大逆事件」と切り離せない。また『昭和史発掘』の中心は二・二六であり、それにいたる軍内部の暗闘、クーデターに至るリーダーたちの心理と行動が鋭く描きだされているが、この宰相論では、西園寺公望、斎藤實、岡田啓介ら、二・二六の標的とされた人物を論じている。

『昭和史発掘』を通じて、この時期に局面を展開するには、よほど強力なリーダーが必要だったことを清張は熟知している。それゆえ、浜口雄幸以外は、ほとんど評価されていない。マキアヴェッリも言うとおり、強力な力を持つこと自体が、権力者の条件なのである。

この時期に、戦争への道をもしかしてひっくり返すことができたかもしれない凄みを持った人物といえば、宇垣一成であろう。清張は宇垣について、留保をつけながらも、なみなみならぬ関心を示している。

戦後において清張がほとんど唯一関心を示しているのは、吉田茂である。清張は戦後初期の多くの怪事件を、GHQの陰謀のせいだと考え、そうした小説も多く書いている。GHQと密着した吉田に好意的なはずはない。しかし、吉田は単純なアメリカ追随だったわけではなく、徹底してこれを利用したと見ることも出来る。そのことを清張はおそらく見抜いて、多くの批判を超えた傲然たる吉田の権力行使に対し、むしろ好意的にさえ見える。

清張の内在的関心はほぼその辺りまでだったのだろう。それ以後の政治家にはほとんど関心を示していない。取り組んだ課題の小ささから、それは当然のことだったのかもしれない。岸信介を書けば面白かったと思うが、ほとんど触れていない。

最初に書いたとおり、連載が始まったのは一九八〇年八月号で、同号は七月上旬発売だった。その直前、六月十二日、大平正芳首相が急死している。三角大福といわれた田中、三木、福田、大平の四人の政治家は、いずれも姿を消していた。そのあと、迫力のある政治家といえば、中曾根康弘のみであろう。清張は、吉田のあとは、論じるに足りないと考えたが、実はそうではなく、三角大福中のような興味深い政治家は実はいたのである。同時代の政治家には、やはり厳しくなるものである。ただ、今やそうした政治家は本当にいなくなってしまったように思われる。清張が生きていたら何と言うだろうか。

清張の宰相論は、権力者に対する批判的な姿勢と、権力の奥に潜むデモーニッシュな力とに対する興味が、矛盾を抱えながら展開されている。それが本書の魅力なのだと思う。

（松本清張『史観宰相論』ちくま文庫、解説、二〇〇九年）

清沢洌と『暗黒日記』

清沢洌《きよし》(一八九〇～一九四五)は、何よりも『暗黒日記』(現在はちくま学芸文庫、全三巻)の著者として知られている。太平洋戦争のさなか、平和回復後に現代日本史や現代日本外交史を書くことを計画していた清沢は、その資料とするため、戦時下日本の政治や社会についての観察を、日記に克明に記した。清沢は敗戦の三カ月前、一九四五年五月に肺炎で急死したため、この計画は実現されなかった。しかし日記の一部が、一九四八年、ある雑誌に「憂憤の記録——戦時日記抄」として紹介されると、戦時の日本に対する鋭い批判として評判になった。一九五六年、日記は東洋経済新報社から『暗黒日記』という書名で公刊された。そして一九七〇年から七三年にかけて、戦時の日記の全部が、部分的に残っている他の時期の日記、および若干の清沢の未刊行小論文とともに、やはり『暗黒日記』の名で評論社から刊行された(全三巻)。これが本書の原型である。

戦時の日本政治の非合理性を、自由主義、合理主義の立場から徹底して描き出し、分析した本として、『暗黒日記』以上のものはない。一九九八年、アメリカで翻訳された時には、ついにこの本の翻訳が出たと、歓迎された。日本では、すでに古典的な価値をもつ著作と言って差し支えない。

ただ、この本の成功は、『暗黒日記』という書名に負うところも少なくなかったように思う。このタイトルは、敗戦からまもない当時の日本人の心情に、ぴったり訴えるものであった。しかし、同時にこの書名は、この日記の内容と清沢という人間について、いささか誤解を与える可能性を持っている。

まず、この日記について、徹底して戦争を呪詛したものだというイメージが成立した。それゆえ、そのころから、「戦争と戦時の生活に対する批判など誰にでも書ける」という批判があった。しかし、この日記の価値は日本社会の病理についての鋭い洞察にあるのであって、たんなる不平不満を並べた本ではない。清沢自身はこの日記に、「戦争日記」という中立的な題をつけていたし、清沢の長女の池田まり子氏によれば、清沢の家族の間でも、『暗黒日記』という題には少し違和感があったという。

また清沢は、のちに述べるように若い頃に無教会派キリスト教の影響を受けており、峻厳で禁欲的で、やや近寄りがたい孤高の理想主義者のように思われることが少なくない。評論社版『暗黒日記』の橋川文三氏の解題(同書第一巻所収)には、ややそういうところがある。しかし清沢は、実はよい意味で世俗的で、前向きでたくましい人間であった。

要するに、『暗黒日記』は戦争批判として古典的な価値をもつ著書であるが、やはり戦時という極限的な時代における記録であって、清沢の全体像を知るためには必ずしも十分な本ではない。さきに述べたような日記と清沢についての誤解(と私が考えるもの)は、この日記を注意深く読めば、避けることができる。しかし、清沢についてより詳しく知っておくことは、この日記の理解のためにも有用であろう。

清沢洌は一八九〇(明治二十三)年二月八日、長野県南安曇郡北穂高村の農家の三男に生まれた。生家は貧しくはなかったが、父は洌が中学校に行くことを許してくれなかった。そのため、洌は近所にある小さな私塾である研成義塾に通うこととなった。その主宰者は、無教会派のクリスチャンで内村鑑三の弟子である井口喜源治《きげんじ》だった。

そこを卒業した清沢は、一九〇五年、アメリカにわたった。「信仰に生きる」ことが渡米の目的だと清沢は語っている。その頃、信仰のためにアメリカに行く人は少なくなかった。そして井口のもとからは、かなりの数の若者——多い年で一年に二十人——がアメリカにわたっている。もっとも、十五歳前後の若者の決意が、どれほどのものだったかは分からない。実際には、経済的動機が強かったらしい。かつて中学校に行きたかった清沢の場合は、勉学動機がかなり強かったらしい。

なお余談ながら、井口のもとから清沢と一緒にシアトルに行った若者の一人に、東条鷸《たかし》がいた。東条はのちに帰国して靴屋をはじめた。それが銀座のワシントン靴屋である。戦争中に「ワシントンとはけしからん」と批判され、東条靴店と名を変えたことがある。一見、とんでもない機会主義のようであるが、そうではない。それはジョージ・ワシントンから東条英機に変えたのではなく、ワシントン州から本名に変えたのである。

清沢はアメリカで苦学してタコマ・ハイスクールを卒業した。そして、ホイットワース・カレッジで学び、ワシントン大学でも聴講生となって学んだという。しかし卒業した記録は残っていないし、のちに見るとおり時間的余裕もあったとは思えないので、カレッジについても、入学したが卒業していないか、あるいは聴講生だったと思われる。また、キリスト教の信仰からは、数年以内に離れている。

清沢が打ち込んだのは学校でも信仰でもなく、文筆であった。研成義塾の頃から同人誌活動に参加していた清沢は、やがてシアトルの邦字新聞『北米時事』に執筆するようになり、おそらく一九一一年頃、同紙のタコマ支社をやりたいと申し出て、これを任された。支社といっても、材料集めから執筆から新聞配達まで一人でやっていたらしい。

清沢の文名はたちまち広く知られるようになった。一九一三(大正二)年三月、シアトル付近に住む長野県穂高地方の出身者の同人誌『新故郷』には、清沢について、「当沿岸における同胞中著名の文士なり」と書かれている。二十三歳の頃のことである。

一九一三年、清沢はいったん日本に帰っている。早稲田大学に入ることとなったが、事情があって、もう一度アメリカに戻った。そして一九一四年にはサンフランシスコの邦字紙『新世界』に移り、そこでも名声を博した。

一九一八(大正七)年八月、清沢は二十八歳で日本に戻った。のちにも述べる通り、清沢は時代の転換点に、その転換を象徴する場所に居合わせることが少なくなかった。移民としてアメリカに着いたのが、最初の大規模な日本人移民排斥運動が起こった一九〇五年であったし、自由主義のジャーナリストとして活躍するために帰国したのが、米騒動の最中の横浜だったのである。

清沢が日本に戻った理由は、より多くの日本人を相手に書くためだった。しばらく横浜の貿易商で働いた清沢は、一九二〇（大正九）年八月ころ、『中外商業新報』の記者となった。現在の日本経済新聞である。そこで最初に書いた記事が、七回連続の「加州問題対応策」（大正九年二十一日〜二十七日）であった。これは、カリフォルニアの日本人移民排斥問題を論じたものであって、かつて移民として排斥された経験を持つ清沢は、この移民問題で日本にデビューしたのである。その他、一九二〇年にはアメリカ大統領選挙を論じ、二一年にはアメリカがワシントン会議を招請したことについて論じている。

『中外商業新報』時代の清沢で面白いのは、コラムであった。最初は「自由槍」、ついで夕刊の「青山椒」で大量のコラムを書いている。清沢のコラムの特徴は、当時の風潮であった大正デモクラシーや普通選挙権問題などを大上段に論じるのではなく、生活と密着した観点から論じていることである。なお、清沢は、アメリカ以来用いてきた信濃太郎というペンネームを用いることが多かった。

一九二七（昭和二）年五月、清沢は朝日新聞社に入り、企画部次長となった。しかし二年後の一九二九年四月、清沢の著書、『自由日本を漁る』（博文堂出版部）の中の「甘粕と大杉の対話」という文章に対し、右翼から激しい批判が起こり、清沢は朝日新聞を辞職することとなった。

こうして清沢は独立の評論家となった。その年の十月、大恐慌が始まり、第一次大戦終了以後の安定は急速に失われることとなった。一九二〇年代の相対的な安定と繁栄が終わり、動乱の三〇年代が始まるまさにそのときに、清沢は一切の組織の保護を離れて、独立の評論家として歩みだしたのであった。

ところで、この頃から、清沢に対しては、様々な批判が浴びせられるようになった。その一つは、清沢の自由主義に対する批判であった。当時、論壇ではマルクス主義が全盛であって、自由主義は過去の遺物と見る人が少なくなかった。とくに清沢の平易なスタイルを、インテリの中には高級でないと感じる人が多かった。

第二に清沢自身の生き方に対して批判が浴びせられた。清沢は文筆家としてはかなり裕福で、家も広く、のちのことだが軽井沢に別荘も持ち、ゴルフをしていた。一九二九年のある月には、清沢は十一本の原稿を書き、原稿料だけで七百円を越える収入があった。これは当時の大学卒業生初任給の十倍ほどであった。しかも清沢は、そうした文筆活動を積極的、合理的に——経営のように——展開していた。本や新聞や雑誌を大量に購入していただけでなく、家には広い仕事場があり、夫人に新聞の切抜きをさせてカード・ボックスに整理させていた。これは、学者は清貧であるべきだという人には気に入らなかった。

なお、清沢は生活の安定のために、一時は貿易に手を出したり、また戦時には丸ビルの中の銀星というレストランを経営していたこともあった。かつて福沢諭吉は独立自尊を説いたが、その第一歩は経済的自立であった。自由な言論を守るためにも、経済的安定を図るのは当然だった。しかし、日本の風土では、それは好まれなかった。さらに清沢のアメリカ風の言動は、しばしば批判の対象となった。清沢が家を新築したとき、客を招いて寝室を見せたりしているが、アメリカでは普通のこうした行動を批判するものがあった。

さらに付言しておくと、一九二七(昭和二)年、清沢は『中央公論』の常連執筆者を集めて二七会を作ることを提唱し、その一員となった。それは自由主義者の作家や評論家のサロンとなった。こういう行動に対して、清沢が中央公論社長の嶋中雄作にすりよっているという批判があった。嶋中とのゴルフも同じ批判の対象となった。学歴社会の日本で、清沢には拠るべき母校がなかった。スポーツも当時は学校エリートのものだったからである。このように考えると、その頃、独学でやっていくのがいかに大変だったかわかるであろう。

さて、繰り返し述べたように、清沢はしばしば重要な場にいた人である。一九二七年、独立して渡米した清沢は、大恐慌の勃発——といっても、当時はそれほどの大事件とは思われなかったのだが——に遭遇した。一九三一年、報知新聞の北太平洋横断飛行の準備と取材のために訪米した清沢は、アメリカが満州事変、ついで上海事変にいかに反応するか、身をもって体験した。

一九三三(昭和八)年、清沢は『中央公論』に、「内田外相に問ふ」(三月号)と「松岡洋右全権に与ふ」(五月号)を書いた。これらは、満州事変、満州国の建国、国際連盟からの脱退という一連の日本外交に対するもっとも徹底した批判の論文であった。この時期、吉野作造の「民族と階級と戦争」(『中央公論』一九三二年一月)とともに、自由主義の立場からする外交評論の白眉だと考える。

その中で清沢は、内田康哉外務大臣が、国を焦土としてでも満州事変の成果は守ると断言したことを、それは軍人の仕事であり、そうならないようにすることこそ外交官の仕事であると述べ、またリットン報告書(一九三二年十月)が実は柔軟で現実的な解決の可能性を含んでいたのに、世論に媚びてこれを一蹴したことを批判し、さらに国際連盟に派遣された松岡洋右代表が、歓呼の声に迎えられて帰国することを予測しつつ、世論の厳しい批判の中、生命の危険を冒してでもポーツマス条約を結んで帰国した小村寿太郎と比較して、その世論迎合的外交を批判した。二つの論文に対しては、強い賞賛が各方面から寄せられたという。

一九三七年、日中戦争が勃発すると、清沢の苦悩は一段と深まった。その中で、清沢は欧米旅行に出発した。国際ペンクラブで日中戦争が取り上げられることを聞き、日本ペンクラブは、外交問題を論じることのできるメンバーを派遣することに決して、清沢が選ばれたのである。

その旅行は、一九三七年九月から三八年七月に及んだ。日本外交の暴走に対して強い批判者であった清沢も、外国から不正確な事実に基づいて批判されるときは、思わず日本を擁護する主張をすることとなった。この旅行中には、清沢は日記をつけているが、そこには、「小松岡を演じて苦笑す」と記されている(拙稿「清沢洌におけるナショナリズムとリベラリズム」『立教法学』一九九五年)。

また清沢は、イギリスで吉田茂と知り合い、共感を覚えるようになる。リベラルな清沢と戦後のワンマン宰相との間に一致点があったことを不思議に思う人があるかも知れない。しかし吉田は親英論者であり、イギリスとの関係を通じて和平を実現するため、真剣に——時にはドン・キホーテ的な——努力を重ねていた。当時の日本はアジア主義に傾斜し、さらに進んでドイツへの傾斜を進めていたから、アジアの植民地大国イギリスを、むしろ正面の敵と見る人が多かった。その中で孤立した吉田の動きを見て、清沢は和平の方向はそこにあると感じたし、また吉田の勇気に感銘を受けたのであった。

彼らの努力にもかかわらず、一九四〇年九月、日独伊三国同盟が結ばれた。満州事変以来、とくに日中戦争勃発以来、戦時ということで言論の取り締まりは厳しくなっていた。清沢はそのころからヨーロッパ問題を論じることが増えた。それは、ヨーロッパ情勢が急転しつつあったからであるが、同時に、ヨーロッパ情勢を批判することによって、間接的に日本外交を批判するというねらいがあった。ところが三国同盟締結の結果、ドイツを批判する言論も難しくなった。それからまもなく、一九四一(昭和十六)年二月、内閣情報局は総合雑誌に対し、意見の発表を禁止すべき人物のリストを示した。その中に清沢も含まれていた。たんなる事実の紹介を別として、清沢の評論活動はここに終わりを告げざるをえなかった。

その後、彼が力を入れ始めたのは外交史の研究である。一九四〇(昭和十五)年六月、清沢は国民学術協会の援助を得て、「日本外交史年表」の作成に着手した。またこれと並行して着手していた『外交史』は一九四一年六月、東洋経済新報社の『現代日本文明史』の一冊として刊行された。その翌年、一九四二年五月には、『外政家としての大久保利通』(中央公論社、現在は中公文庫)が、また十月には『外交史』の増補改訂版である『日本外交史』二巻が、それぞれ出版されている。日本外交以外では、一九三九年秋に慶應義塾大学の寄付講座で行った講義をもとにした『第二次欧州大戦の研究』(東洋経済新報社)を、一九四〇年四月に刊行している。

清沢が外交史の研究をするようになったのは、第一に、評論が書けなくなったからである。そして第二に、歴史に言及することによって同時代の外交を批判するためであった。たとえば一九四二年、日米戦争が勃発してから完成した『外政家としての大久保利通』は、大久保の卓越した外交、粘り強く強烈な責任感を明らかにし、賞賛することによって、同時代の外交の貧困を批判するものであった。

余談ながら、清沢からこの本を贈呈され、ただちに返事をよこした人の一人が吉田茂だった。吉田は、清沢の本が時世を慨嘆したものであることを理解し、大久保が常に責任を回避することなく国家の運命を双肩に担ったことを賞賛し、いつの日か日本にもそういう人が出てきてほしいものだと述べている。吉田自身が、まさか数年のうちにその役割を果たすとは想像だにしていなかったであろう。

ところで、清沢は外交史研究に従事するうち、徐々に内在的な興味を覚えるようになった。苦しい執筆環境の中で書かれた『日本外交史』は、敗戦以前に出た日本外交史の最高傑作であり、細部の情報や正確さを別とすれば、戦後にもこれを凌駕《りようが》するものは多くない。また、「日本外交史年表」は、清沢の死後、改訂されて、『日本外交年表並主要文書』上下巻（原書房）という、日本外交史研究者の必携の本となっている。なお、清沢の没後、この「年表」を外務省に破格の値段で買い上げさせたのは吉田茂であった。そういう形で、吉田は清沢の遺族を援助して、清沢の生前の友誼《ゆうぎ》に報いようとしたのである。

清沢が『暗黒日記』にたどり着いたのは、以上のような歩みののちであった。これを前提として考えれば、『暗黒日記』の中の清沢の思想もよりよく理解できるであろう。清沢の思想は、国際関係においてはアメリカ、イギリスと提携し、国内においては政党を中心として自由主義的な改革を進めることであった。ただ清沢は、大きな政治だけにあまりに重きを置くのではなく、身の周りの小さな生活を大切にするように主張した。そのような、生活から切り離された政治は、何か健全なものとは思えなかった。大正期のコラムでも、あるいは『暗黒日記』においても、清沢は生活と直結した政治を重視していた。そうした生活は、彼の自由主義の思想と関係していた。それは抽象的理論的な思想ではなく、むしろ「心構えとしての自由主義」であると彼自身述べていた。

馬場恒吾は、清沢ほど直截簡明なアメリカの気風を身につけたものはいない、と述べている。たしかに清沢は、若い頃のキリスト教の信仰、移民としての十年を超えるアメリカ経験を背景に、英米系の歴史や政治の読書で知識を蓄え、日本の言論の中にユニークな位置を占めることとなった。彼にとってアメリカとは何よりも経済のアメリカであり、その経済とは、たんなる富の蓄積ではなく、みずからの努力が成功となってあらわれたものであるが故に、貴重だったのである。戦争にいたる過程で、アメリカについて清沢ほど鋭い透徹した分析と予測をしたものはいなかった。

いささか個人的な感慨を最後に述べることを許されたい。私は一九八七年、『清沢洌——日米関係への洞察』（中公新書、増補版、二〇〇四年）という本を書いた。その末尾で、戦前のような日米対立は、すでに克服されたかもしれない、その意味で清沢は過去の人かもしれない、しかし、清沢が日米関係に示した洞察はいまなお重要である、逆境に耐えることも困難だが、順境に耐えることはもっと困難かもしれないから、と述べた。

その頃、日本はバブルの絶頂にあった。アメリカの巨大な力を理解せずに、無謀な戦いを挑んだ日本、という図式はすでに過去のものであった。しかし、日本がアメリカに追いついたとは私はまったく考えていなかった。まだまだ学ぶべきものも多く、恐るべき力を持っている国だと思っていた。それは、的中してしまったようである。十五年前、さほどの思い入れなしに本の終わりに書いた一文を、私は複雑な感慨で思い出さざるを得ないのである。

（清沢洌『暗黒日記』ちくま学芸文庫、解説、二〇〇二年）

若き日の高坂正堯

国際政治学者、故高坂正堯教授の著作集（都市出版、全八巻）の第一巻は、三つの部分からなっている。第一部は『海洋国家日本の構想』（中央公論社）であり、これは六二年末から六四年末にかけて発表された論文七篇をまとめたものである。第二部は、『政治的思考の復権』（文藝春秋）であり、これは一九六六年十一月に発表された論文一篇と、六九年初頭から七一年末にかけて発表された論文九篇、計十篇をまとめたものである。第三部は、六七年から六九年にかけて書かれた論文六篇で、上記諸論文がカバーしていない時期と分野を埋めるために、主要な論文を選んだものである。

これらあわせて二十三篇を、初出について分類すると、総合雑誌十八篇、講座もの二篇、学術ないし専門雑誌三篇であり、ほとんどが一般読者を対象としたものである。またその内容は、大部分が、同時代の日本、アジアあるいは世界を対象として、その安定と発展の条件を探った評論である。これに『宰相吉田茂』(中公叢書、著作集第四巻にも収録)に収められた数篇を加えると、この時期の高坂の主要な評論は、ほぼすべて網羅《もうら》されることになる。

二十三篇のうち、最初の論文「現実主義者の平和論」を書いたとき、高坂は弱冠二十八歳。最後の論文「新外交時代の構想」を書いたときでも、まだ三十七歳だった。その頃、世界と日本はどうなっていたのだろうか。

一九六二年十月、最初の論文が発表される二カ月前、キューバ危機が起こった。それは、世界に核戦争の恐怖を実感させ、米ソ関係は転機を迎える。しかしアメリカは六五年からヴェトナムに対する介入を深め、やがて行き詰まり、六八年三月、ジョンソン大統領は北爆停止と大統領選挙への不出馬を声明することになる。

他方、中国では、ヴェトナム戦争に対する危機感もあって、六六年頃から文化大革命が激化する。それは中ソ対立を激化させ、六九年、軍事衝突にまで発展する。この中ソ対立を利用し、ヴェトナムの泥沼から手を引くべく、七一年、アメリカは中国と接近する。一九五〇年の朝鮮戦争以来、米中対立を中心として展開されていたアジアの国際関係は、ここに大きな変化を迎えることになる。

一方、国内では、これは池田勇人内閣後半と佐藤栄作内閣のほぼ全期間にあたる。六〇年安保の政治的高揚は、池田内閣の高度成長政策と低姿勢の中で安定に向かった。池田は六二年七月に総裁に再選され、六四年七月には三選されたが、病気のためオリンピック直後に引退し、佐藤栄作がその後を継いだ。そして七二年七月まで、七年八カ月政権を担当したのである。日本は高度成長を続けており、六九年には七二年沖縄返還も決まり、今から見れば、戦後政治の黄金時代だったと言うことができる。

しかし、深刻な問題も存在していた。同盟国アメリカはヴェトナム戦争という無名の師に深入りしており、日中関係は悪化していた。六〇年代後半には大学紛争が続き、また公害問題が深刻化した。

高坂が捉えようとしたのは、このような時代であった。キューバ危機から米中接近に至る国際関係の変容の中で、日本がいかなる位置を占めるべきか、どのような外交政策をとるべきか、そのために国内政治では何が必要か。こうしたことを考察し、同時代人に提示することに、高坂はこの時期全力をあげたのである。

一九六二年九月、二年間のアメリカ留学から帰国した高坂は、一時、東京の国際文化会館に滞在していた。京都学派の哲学者、高坂正顕の息子が国際政治を勉強しており、留学から帰国したばかりだということを聞きつけて、高坂を訪ねたのが、中央公論編集次長の粕谷一希だった。ハーヴァードの話をしているうち、高坂は、丸山眞男先生が来られて、何日も議論をしましたが、とうとう意見は一致しませんでした、と述べた。それを書いてほしいと、粕谷は言った。

原稿は六二年十二月発売の六三年一月号に掲載された。したがって、原稿が届いたのは十一月のことだろう。原稿を読んだ粕谷は、「これは巻頭だ！」と叫んだという。そして、多くの著名な筆者の論文を差し置いて、新年号の巻頭に、この論文は掲載された。これが高坂の名を広く知らしめた「現実主義者の平和論」である。

これに続いて、高坂は二年足らずの間に、安全保障ならびに外交に関して数篇の論文を書き、これらがまとめられて、『海洋国家日本の構想』となった。

「現実主義者の平和論」で高坂は、当時論壇で圧倒的な力を持っていた中立論に果敢に論戦を挑んでいる。批判の中心は、そこにおける目的と手段との関係である。中立という方向さえ決めれば、あとは技術的な問題だと中立論者は言う。しかし、その技術的な点こそが問題であり、目的に達する有効な手段がなければ、目的自体を再検討しなければならないではないか。むしろ、目標は平和であり、安定であり、緊張緩和ではないのか。そのためにどのような手段があるのかということこそ、重要ではないのかと高坂は批判する。

中立論の背景には、核の時代には小さな武力は意味がないという認識がある。核武装論者も、その認識では同じである。しかし高坂は、核の手づまりの中で、通常戦力が使われる可能性はあり、これに備える小規模な軍備は必要だと考える。しかし全面的な核武装は国力が許さないし、国際関係からしても好ましくないとする。こうした立場は、中江兆民の『三酔人経綸問答』における南海先生の伝統を引くものである。

高坂の批判は、さらに政党に向けられる。高坂によれば、日本には個々の外交問題を検討する基準がない。また、どのような軍備をどの程度持つべきかという、安全保障政策においてもっとも重要な問題がほとんど議論されていない。それは社会党が自民党の政策を完全に否定しているところから発している。

知識人は異端であってもよい。しかし第二党はその意見をそのまま受け入れてはならない。異端であってはならない。もし政権を取った場合、現実から出発しなければならないからである。九四年の村山富市内閣における社会党の安保政策の転換は、まさにこの点に関して起こった悲喜劇であった。

しかも社会党が、どのような軍備をどの程度持つのかという問いを発しないため、政府与党は健全な批判にさらされていない。政府は防衛が必要であるということを証明しさえすれば、ほとんど何でもできることになる。自民党はその安全保障政策に対して支持を得ているのではなく、経済政策や地元への利益の還流などによって支持を得ているだけである。それでは国民に基礎を置く外交は難しいと、高坂は批判する。今日なお、われわれはこの点を克服していないのではないだろうか。

ところで、日本の安全保障を高める点で、一番の難問は中国であった。高坂はとくに難しい問題として、台湾問題と賠償問題を挙げている。そして、中国側の数百億ドルの要求に応じることは不可能だが、たとえ十分の一でも、形だけでも賠償をすることが望ましいと述べている。個人的に親中的な人はある。しかしそれでは事態の解決にならない、政府と政府の関係が大事であり、そのポイントは領土と賠償問題だと明言している。今日から考えて、まことに示唆に富む議論である。

これらの批判は、「海洋国家日本の構想」において、向かうべき国家像の提示となっている。そこで高坂は、日本はアジアだという見方に疑問を投げかける。日本はアジアにあって中国に圧倒されてしまわなかった唯一の国である。海がそのバリアの役割を果たした。現在、世界を単に地図だけで考えてはならない。通信と輸送の構造によって考えなければならない。そのような目で見るとき、海はいまや開かれた交通路であり、日本は必ずしもアジアではない。

ただし、日本が海を交通路として十分使ってきたわけではない。日本は世界に目を広げていない点で、海洋国家ではなく島国に過ぎない。かつてイギリスを偉大ならしめたのは、エネルギッシュな民間の活力と、慎重なエリートの結びつきであった。それは、これまでの日本には見られなかったものであるというのである。

さて、このような日本の進路を構想し、そこにおけるリーダーの重要性を指摘していた高坂が、戦後日本の路線を作り上げた吉田茂に大きな関心を持ったのは当然のなりゆきであろう。「海洋国家」の七カ月前、「中央公論」一九六四年二月号に高坂は「宰相吉田茂論」を書いた。そして六七年にはその続編にあたる「吉田茂以後」を書き、また吉田の死去に際しては「偉大さの条件」を書いている。また、この間、内政と外交の連関について、三つの論文を書き、これらをあわせて『宰相吉田茂』として出版している。

もちろん高坂は、外国のリーダーにも強い関心を有していた。一九六五年に日経新書として刊行された『世界史を創る人びと――現代指導者論』は、フルシチョフ、ケネディ、ドゴール、ナセルなどの個性的なリーダーを通してみた戦後国際関係史といってよい。

その後、六五年十月から六六年三月まで、高坂は交換教授としてタスマニア大学に滞在した。六二年の帰国以来の多忙から逃れて、また子供の頃から興味を持っていたタスマニア人の滅亡の地を訪ねたかったという。この滞在から、『世界地図の中で考える』（新潮選書）というユニークな著作が生まれたわけである。

タスマニアから帰国後まもなく、六六年八月、高坂は中公新書で『国際政治――恐怖と希望』という本を書いている。そこで高坂は、これまで具体的な問題について書いて来て、一般的基本的な原則について十分考えることがなかったが、今回それを行い、状況という逃げ道なしに思考して、自分の考え方の中にある基本原則があることを確認して満足したと述べている。

これは高坂における理論と評論の関係についての興味深い述懐である。高坂はアメリカ政治学流の狭義の理論にあまり関心を示さない。あるところで、高坂は、「理論抜きに広い世界は理解できないが、歴史抜きの理論は危険で、大体において害をなす」と述べているほどである（『平和と危機の構造――ポスト冷戦の国際政治』ＮＨＫライブラリー）。

また高坂は、あるところで、自分の仕事の半分は、現在何が起こっているかを知り、分析し、それに対する対策を考えることであるが、残りの半分は歴史の本を読むことである。後者は楽しいが、前者は骨が折れる。事実の確認は難しいし、無数の事実の中で、重要なものを判別するのはさらに難しいと述べている。

これらを考え合わせると、高坂の仕事には、①具体的な史実、事実の収集、整理、②理論、③歴史、④評論の四つがあったということができるだろう。高坂はしばしば京都大学法学部の紀要である「法学論叢」などに、ウィーン会議、国際連合の創設、アメリカの中国政策、東南アジアの政治構造などについて、学術的な文章を書いている。これは本格的な歴史研究ないし理論研究というよりは、①にあたることが多い。そこから本格的な歴史研究に進むことも、理論研究に進むことも出来たであろうが(『古典外交の成熟と崩壊』〔中央公論社〕が前者に近く、『アジアの革命』〔毎日新聞社〕が後者に近い)、それは少なかった。むしろ、これらを基礎とした評論に高坂の真価があったのではないだろうか。

高坂の評論は、学者の余技ではないし、既知のことをやさしく書き直したものでもない。むしろ、未知の事態を、様々な手法を使って、平易な言葉で解き明かした第一級の知的営為である。そして高坂は、狭義の学術的著作を残すことよりも、そういうことに、より深い喜びを感じていたのではないだろうか。

ところで、こうした高坂の言論に対し、政治の方が関心を示したのは当然のことであった。

一九六七年二月、総選挙後に第二次佐藤内閣が成立すると、佐藤は旧知の新聞記者・楠田實《みのる》に秘書官となるように求めた。楠田はこれに応じ、六七年三月一日から秘書官となった。その役割の一つは、ブレインを組織することであった。高坂はその中心人物となった。

実は佐藤と高坂との関係は、もっと古い。『佐藤榮作日記』によれば、一九六四年十二月十七日、高坂は内田忠夫東大助教授らとともに、プリンスホテルにおける佐藤を囲む朝食会に出席している。佐藤内閣発足まもない時期である。同じ朝食会は、六五年三月十三日にも開かれている。そして六六年四月十六日には、佐藤は高坂を鎌倉の別荘に招いている。「夜は京都の高坂君と食事を共にして大いにかたる」という記述がある。また六月五日には、やはり鎌倉で、「夜は、京都の高坂君を招き、中共問題その他で懇談する」とあるから、かなり親しく意見を交換していたことは確実である。

しかし、その関係は、楠田を媒介とした頃と、さほど違わなかったのではないかと思う。高坂は、「佐藤栄作――『待ちの政治』の虚実」(著作集第四巻所収)の中で、次のように述べている。

「佐藤も、佐藤からブレーンの編成を任された楠田實秘書官も、ブレーンの能力を利用するという以上に、学者・知識人を尊敬してくれていた。……佐藤内閣は学者・知識人の言動を政治的説得の手段として利用するのではなく、好きなことをさせ、立派な出番を与え、政策に言葉と形を与えることで満足したように思われる。大体、学者・知識人の考えたことを政治家が実行するというのでは、現実にうまくいくわけがない。しかし、政治家がめざしていることの正当化あるいは理論付けを学者・知識人に依頼してもその持ち味は活かされない。……両者が独立に考え、行動しながら、お互いに啓発されるというのがあるべき姿なのである」(一九八〜一九九頁)

こうした点からも、佐藤内閣時代の高坂の外交論は、一段と興味深い。著作集第一巻の第三部に収められた論文には、そういうものが多い。

たとえば、「アジアの安全と日米の役割」は、六七年夏に開かれた下田会議(日米民間人会議)に提出されたペーパーであった。その会議では、中国を脅威と見るかどうかで激しい議論となったという(「70年代の日米関係」)。六七年秋には佐藤首相は訪米し、ジョンソン大統領との間で「両三年以内に沖縄返還で合意する」という合意に達するわけであるが、中国を脅威と見るかどうかは、返還に決定的な影響を持つはずだった。高坂は、中国を脅威と見て過敏に反応することが逆効果であることを、常々論じていた。その立場は、佐藤内閣の方針に、何らかの影響を及ぼしたであろう。

また、六九年一月には、沖縄基地問題研究会による京都会議が開かれた。その取りまとめに高坂は大きな役割を果たしたと言われている。そこには、トーマス・シェリング、アルバート・ウォールシュテッターといった核戦略の大家が出席していたが、沖縄の核が絶対に必要だと言う議論は出なかった。京都会議で得られた心証は、沖縄の核抜き返還は可能ということであった。佐藤首相が核抜き本土並みで交渉する方針を明らかにしたのは、三月十日のことであるが、その決断には京都会議の結果がかなり影響したと言われている。もっとも、高坂がその点で、佐藤首相と密接な連絡を取っていたかどうかは、よく分からない。おそらく、高坂が言うとおり、「両者が独立に考え、行動しながら、お互いに啓発される」という関係だったのではないだろうか。

この間、六八年三月には、ジョンソン大統領の北爆停止と大統領選挙不出馬声明があった。それは、ジョンソン大統領との信頼関係の中で沖縄返還を実現しようとしていた佐藤首相には大きなショックであった。佐藤首相は、ジョンソン声明後に高坂が書いた「世界政局はどう転換するのか」を、熟読したことであろう。

また「沖縄返還交渉と報道機関の役割」は、核抜き本土並みによる交渉を決定したのちに書かれたものである。ここで高坂は、日米の対等性は、真剣な主張からしか生れず、日本側の強い世論が交渉を有利に導く条件であると述べている。その一方で、そのためには世論の強さだけでなく「深まり」が必要だと強調している。それは第一に、戦略論への認識の深まり、第二に、アメリカ世論についての理解の深まり、第三に、東南アジア諸国への理解の深まりであるという。国際的視野の欠如は、依然として深刻な問題だった。そしてこれも、決して過去の問題とは言えないのである。

六八～六九年は、大学紛争の年でもあった。高坂もその中で忙殺された。しかし、それが一段落すると、政治に対する倦怠《けんたい》の時期がやってきた。また、国際関係も大きく変わりつつあった。その頃書かれた評論を集めたのが、『政治的思考の復権』である。

一見したところ、六〇年代は退屈な時代だった。リーダーも、それ以前と比べて平凡な人となった。しかしその退屈な時代の平和と経済発展の中から、大きな変化が生れていた。この本は、六〇年代において、いかに世界が大きく変化したかを、日本、アジア、ヨーロッパについて分析した第一部と、その中で日本がうまく適応できなかった理由を歴史的に考察した第二部と、今後への展望を論じた第三部からなっている。

その中でも印象に残る論文の一つは、三島由紀夫の死に際して書かれた「退屈な時代とその反抗者」である。そこで高坂は言う。人類はながく平和と豊かさを求めてきたのに、今では平和と豊かさに退屈しかけている。そこには数多くの偽善があふれている。その偽善に耐えられなくなったのが三島であり、全共闘であった。しかし、政治からロマンがなくなるのは、現代の運命である。三島のように、日本の抱える矛盾を一挙に解決しようと行動するよりも、深く考え続けることが大切なのだ、と。

そして、この本の中でもっとも遅く、ニクソン・ショックのあとに書かれたのが、「新外交時代の構想」である。これまでの論議からすれば、高坂は米中接近を適切に予測してもおかしくはなかった。しかし高坂は、その進展の急激に、大きな衝撃を受けたと告白している。このあたりが高坂の誠実なところである。そしてそこから立ち直って、米中接近をむしろ積極的に評価し、また国際関係が経済を中心とするものとなることを指摘して、日本の急速な経済発展が他国の脅威となりうることに、警鐘を鳴らしている。また、日本がこれまで日米関係だけに依拠し続けたことを批判し、他方でアジア主義を排して、むしろヨーロッパとの関係の強化を提唱している。たしかに、六〇年代を通して、日欧のきずなは弱かった。この間に、日本の首相は一度しかヨーロッパに行っておらず、五〇年代よりも、それは少なかったのである。しかし日欧の関係は、七五年のサミットの創設を契機に急速に発展する。また、日本の経済進出が、東南アジアの強い反発を受けるのは、七三年のことである。これらを高坂は見通していた。

この本は、七〇年前後という大きな変化の時期に書かれた模索の書である。その意味でこれまでのような高坂の歯切れのよさは、少し後退している。しかし、それはやはり時代のせいだったのであろう。その中で、ニクソン・ショック以後に書かれた「新外交時代の構想」は鋭い指摘に満ちている。それもまた、時代の要請だったのであろう。

高坂はどちらかといえば老成した、成熟した思考の人として知られている。しかし、この巻に収められた議論はすべて若々しく、颯爽《さつそう》としている。

高坂が囲碁の達人であったことは、よく知られている。林海峯は高坂の囲碁について、大局を見通すことに優れ、攻めを好んだと述べている(「著作集刊行会ニュース②」)。高坂の本領は、評論においても攻めにあったのではないだろうか。論壇の主流であった平和主義・中立主義を批判し、政府の政策をかなりの程度支持しつつ、その足らざるを論じ、アメリカに対して沖縄返還を要求した時の高坂は颯爽としていた。

六〇年代、日本は上り坂だった。企業の荒々しい活力が外に向かい、他方で、自民党にも官庁にも、比較的優れたリーダーが存在した。高坂が海洋国家の条件として挙げた、民間のエネルギーと慎重なリーダーの結合は、実は六〇年代にはかなり存在していたといえるのかもしれない。そもそも、戦後の発展は、戦争から解放された若いエネルギーと、吉田という老人の狡知《こうち》が結合して出来たものであった。

吉田によって敷かれた戦後外交路線の長所と欠点を、最初に本格的に指摘したのは、六〇年代の高坂であった。その路線は、今なお、大きく変わってはいない。それゆえに、高坂の評論は、時代を超えた価値を持っている。また、これらの評論は、時代を超えた魅力を持っている。それを一言で言えば、若さだろうか。音楽学者のアルフレート・アインシュタインは、若い時にしか書けない傑作があるとして、モーツァルトのK271のピアノ協奏曲や、ゲーテのウェルテルや、ベートーヴェンのエロイカ・シンフォニーを例に挙げる。学者の場合にも、やはり若い時にしか書けない傑作がある。高坂の六〇年代の評論はそういうものだと思う。

（『高坂正堯著作集』第一巻、解説、一九九八年）

山崎正和『歴史の真実と政治の正義』に寄せて

オーストリアのザルツブルクに、レオポルズクロン城という、城と言うには少し小さいが、美しく宏壮《こうそう》な邸宅がある。演出家でザルツブルク音楽祭の創始者の一人であるマックス・ラインハルトの旧居で、映画「サウンド・オブ・ミュージック」の撮影ではトラップ大佐の邸宅として使われたので、見覚えのある人も多いだろう。そこにザルツブルク・セミナーという、地球規模の多くの問題を取り上げている研究教育機関があり、またその中に、「歴史的正義と和解」研究所（Institute for Historical Justice and Reconciliation）があって、世界中のいろいろな紛争を対象に、和解の可能性を模索している。

国連では、多くのＰＫＯ（平和維持活動）が行われているが、その中で必ず言及されるのはジャスティス（正義）ないしノー・インピュニティ（不処罰の禁止）である。犯罪は罰せられなければならない、ということである。そのために、旧ユーゴについては旧ユーゴ国際刑事裁判所が設立され、またルワンダについてはルワンダ国際刑事裁判所が設立されている。さらにより広い活動のために国際刑事裁判所が設立されている。あまり厳格に不処罰禁止を言うと、反乱勢力が降伏せず、紛争は長引くこともあるのだが、ともかく正義の追求は非常に重視されている。

こういうことを述べたのはほかでもない。正義の回復の主張が、中国や韓国から日本に対して起こっているだけではなく、実は世界中で起こっている現象であることを指摘したかったためである。最近のアメリカ議会における慰安婦問題に関する決議もその一例である。

本書第一部の「歴史の真実と政治の正義——歴史の見直しをめぐって——」は、この問題が二十世紀に普遍的に発生した問題であることを明らかにした重要な論考である。

人類の歴史は、どこにおいても、少数がリードするものであった。それを、少数の多数に対する抑圧として捉え、不正義と断じて、是正しなければならないと論じる思想(これを山崎は「復讐史観」という)が生まれ、二十世紀を席巻した。マルクス主義歴史学はその代表例である。

私見によれば、こうした見方は第二次大戦後、人類史上空前の長期の繁栄と平和が続いたことによって、さらに広がった。朝鮮やヴェトナムを別として、世界の主要国の間で、これほど長く平和と繁栄が続いたことはなかった。その結果、人々はヴァーチャル・リアリティの世界に住むようになる。目の前の切実な問題がなくなった結果、過去の不正義を暴き、処罰することに熱中するようになる。

現在の価値観を歴史の中に持ち込んではならないという歴史家の常識はもはや民衆の圧倒的な声の前で力を持たない。いや、歴史家の中でさえ十分な力を持っていない。歴史は、遺憾なことに、しばしば現在の価値によって処断されるのである。

こうして、人民の側に立つ歴史というのは、今日に至るまで猛威を振るっている。少数者の役割に注目する政治史や外交史は英雄史観として貶められ、民衆史観によって圧迫されている。軍事史研究は平和研究に取って代わられる。復讐史観は、多数の支配を基礎とする民主主義の鬼子であるため、この趨勢は容易には変わらないだろう。

では、そういう時代には、どのような処方箋があるのか。いかに政治的正義と歴史の真実を切り離すか。著者の提案のエッセンスは、歴史教育を国民国家から切り離すということであるが、この点については、本論を読んでいただくのがいいだろう。

本書の第二部の中心に置かれているのは、教養の危機に関する論考である。教養の危機は、新しい問題ではない。危機の由来についての山崎の解釈は何層にも及んでいて興味深い。とくに注目すべきは、知識というものがその構造からして権威主義的に見える宿命を背負っているという指摘である。山崎によれば、知識は、情報を脈絡づけ、文脈の中で意味づけようとする意志の力に支えられており、その意志の力は説得しようとする情熱と自己の正しさに対する信念に支えられている。そういう知識が二十世紀の市場社会に出るとき、大衆の冷淡な視線で迎えられるのは当然のことなのである。

教養の再建はきわめて困難であるが、ともあれ古い「啓蒙」の思想から切り離し、より謙虚な場所に置きなおすしかない。人間の生き方を指導する力を断念し、いっさいの倫理的な宣教を断念し、いわば有用性を徹底的に断念するところにしか活路はないと山崎は断じる。

ではそこに何が残るのか。山崎はディルタイの「了解(Verstehen)」に注目する。それはすなわち、「ものごとの分析的な『説明』とは違って、対象を生命の表現として感じとり、同じ生命を持つ自分がそれを追体験することである。」歴史について言えば、「過去を現在の価値観で解剖するのではなく、その内側にはいって時代をともに生きることである。」それが何の役に立つかは問題ではない。しかしたとえば、「一人の日本人が日本文化を一つの生命体として了解し、自分がその一部であることを実感として納得したとき、それはやはり人生の幸福ではないか」、「教養を持つとはそういう幸福を知ることであり、教養人とはそれによって虚無主義を免れ、世界にたいして親和的に生きられる人だと言いたい」と山崎が述べるとき、私は小さな感動を覚える。

その方法として山崎は、知識人がかつてとは異なった形でギルドを再建し、帰属感と相互批判を強めること、言い換えれば、制度と市場の中間に、相互に認知しあい、評価し、育成しあう場を作らなければならないとしている。

第三部には司馬遼太郎に関する文章二篇と、高坂正堯に関する文章一篇が収められている。とくに、行動をともにすることの多かった高坂についての記述は深く読者を引き込み、かつ先に述べたように現在における知識人のあり方についてのヒントを提供している。

高坂と山崎とは、一九六〇年代後半から佐藤栄作首相の広い意味でのブレインとして行動し、多くの活動をともにしながら、家庭や健康の話をすることすらなく、私的な領域に踏み込むことの皆無な交友であった。それは、日本に伝統的な、組織にからめとられ、恥辱をともにし、傷をわけあう、じめついた感情から対極的なあり方であった。彼らは自立していて、かつ公をコミットする「公的な個人」であったのである。

山崎が政権中枢と接触を持つようになってから四十年たつ。驚くべき長さである。それは、山崎が直接的な実用性をほとんど断念しつつ、しかし時代の直面する問題を正面から、根底的に捉えていたからだろう。山崎のそうした活動については、後世の誰かが本格的な分析をするであろう。ともあれ本書は、二十世紀が終わる時点で、知と社会との関係について根源的考察を提供した書物として、熟読されるべきであろう。

（山崎正和『歴史の真実と政治の正義』中公文庫、解説、二〇〇七年）

第3章 バッターボックスに立て！

ジョーデン先生とSPENG1981

新渡戸フェローとして一九八一年に渡米するまで、二度の観光旅行を除いて、私は外国に行ったことがなかった。日本政治外交史が専門なので、外国に行く必要は相対的に小さく、英語の読書量も、外国研究の友人よりは少なかった。したがって渡米前には少々不安もあった。

しかもTOEFLの成績が割合良かったので、語学研修を受けさせてもらえない可能性があった。渡米の準備をぼつぼつ始めていたころ、アメリカ政治外交史の斎藤眞先生から、新しい語学研修プログラムを作るという話をお聞きして、入れていただいた。それがSPENGだった。アメリカにおける日本語教育の第一人者であるエレノア・ジョーデン教授の指導のもとに、六週間、美しいコーネル大学のキャンパスで行われる、生活費も含めて無料という、信じられないほど贅沢なプログラムだった。

あのイサカの夏は、今もたまらなく懐かしい。専門の研究も大学の雑用もすべて忘れて、学生に戻って過ごした。十二人の仲間も素晴らしかった。みなそれぞれの分野で頭角を現し始めたお山の大将で、最初は少しよそよそしかったのが、だんだん胸襟を開くようになり、本当に親しくなった。それを可能としたのは、ジョーデン先生の献身だったと思う。

このプログラムは、日本人の社会科学者で、すでに大学に職を持ち、しかしまだ留学はしたことがない、つまり、英語の語彙や文法には強く、読むことはさほど苦にならない、という人々を主な対象としていた。初対面の教授に対する自己紹介の仕方、会議でのコメントや司会の仕方など、研究者として直面する状況を具体的に想定したコースだった。

朝からの授業が終わると、残りは自習時間で、テープを聴いたり、宿題をしたり、みんなで遊んだりした。私は、今ではシャドウイングというのだろうか、ネイティヴによるテープと同じスピード、同じアクセントで話す練習に力を入れたと思う。

アサインメント(課題)は、とても楽しい思い出である。「図書館で登録して本を借りてきなさい」に始まって、「大学のクラブのメンバーになれるかどうか、トライしなさい」というのもあった。これは、本当はなれないのだが、私と原科幸彦氏(現・東工大)のふたりだけが成功した。交渉の仕方が良かったからだ、と自慢していると、間もなく、かなり高額の会費の請求が来てしまった。ところが、SPENGの勉強に関連して必要となった経費は払い戻すということになっていたので、請求したら本当にお金が返ってきた。

仕上げは、自由なテーマでスピーチをすることだった。私は二つ問題点を指摘された。一つは、聴衆の目をしっかり見なさいと言われた。私は恥ずかしがり屋なので、ついつい視線をそらせてしまう癖がある。もう一つは、一カ所だけ聞き取れない単語があったと言われた。それも私の癖で、ある二重母音の後半が甘くなったのだった。それほどしっかりみてもらえたことに本当に感謝している。

それ以来、英語では苦労を重ねているが、何とかやってこられたのは、自分は適切な英語をフレンドリーかつ上品なマナーで話しており、確かに伝わっているはずだという最小限の自信を持っているからだと思う。その自信を与えてくださったのは、ジョーデン先生である。

二〇〇四年に国連次席大使に任命されたとき、ジョーデン先生にニューヨークから電話したら、とても喜んでくださった。まだSPENGをやっておられるというので、時間ができたら、きっと訪問すると言って電話を切った。その翌年、とうとうSPENGが打ち切られることになった、言葉にできないほど悲しいという手紙をもらった。ところが、しばらくして、また手紙が来た。SPENGが突然再開されることになったので準備に追われているという、喜びにあふれた手紙だった。SPENGは晩年の先生の生きがいだったのだろう。先生が亡くなられたのは残念だが、先生がSPENGなしの年月を長く過ごされることがなかったのは、良かったと思う。

（「国際文化会館会報」Vol.20 No.1 2009）

運命の女神

七月に入って、前期の講義も終わりに近づいてきた。この頃になると、いつも学生諸君に「君たち、試験でよい成績を取る方法を教えよう」という話をすることにしている。いつも静かな教室は、こういうと、さらに静かに、水を打ったようになる。

そこで私は「ヤマをかけなさい」と言う。みな怪訝《けげん》な顔をするのを見て、「ただし、一つや二つではいけない、一〇か一五くらいヤマをかければ、絶対あたる」というと、みんな、なあんだ、ひどい、だまされた、といった顔をする。

しかし、これは真面目な話である。まず、教師がその折々に関心を持っているテーマは、無限ではない。一〇くらい準備すれば、大体あたる。そして、こういう問題が出たらどう答えようか、ああいう問題が出たらどう答えようかと考えながら勉強するのと、ただ漫然と勉強するのとではぜんぜん違うのである。

イタリアの古い諺《ことわざ》に、「運命の女神は前頭部にだけ毛があって、後頭部ははげている」というものがある。したがって、運命の女神とすれ違ったときに、あっと思って手を伸ばしても、後頭部には毛がなくて、捕まえることが出来ない。あらかじめ、今にも運命の女神に出会うかもしれないと身構えているものだけが、彼女の前髪を捕まえることが出来る、という趣旨である。

チャンスは何時訪れるか、わからない。訪れるかどうかもわからない。しかし待ち構えているものだけが、チャンスを捕まえることが出来るという見方には、大きな真実が含まれている。試験はたいした問題ではないが、学生諸君には、これからの人生で、積極的に運命の女神の前髪を捕まえに行く人になってほしいと思う。

（「日本経済新聞」二〇〇九年七月二日夕刊）

少年も大志を抱け

国際原子力機関（ＩＡＥＡ）の事務局長に、天野之弥《ゆきや》氏が当選された。まことに喜ばしいことである。

しかし、国際機関の幹部として活躍する日本人は、以前より減っている。一九九〇年代には、明石康氏がカンボジアとユーゴで、前例のない困難な国連平和維持活動（ＰＫＯ）のリーダーとして、また緒方貞子氏（現国際協力機構［ＪＩＣＡ］理事長）は国連難民高等弁務官として大活躍された。その後、国際社会は、アフリカの紛争や貧困、テロリズム、気候変動などに対する取り組みを強化しているのに、日本人の存在感は小さくなっている。

明石、緒方の両氏とも戦後の復興期に世界に飛び出して行った方である。その後、豊かになるとともに、日本人は内向きになっていった。この傾向を改めるのは容易ではないが、やはり教育から始めるしかない。

そういう問題関心から、東大法学部では、今年度、グローバル・リーダーシップ寄付講座を開設し、安保理や地球規模課題に関する演習や講義、英語による集中講義、公開シンポジウムなどを実施している。

もちろん、大学や大学院で何年か勉強した程度で、世界で活躍できるわけはない。しかし、若いうちに、こうした問題について関心を持つことは重要だと思う。

創設記念シンポジウムは六月三日、アナン前国連事務総長と緒方氏を招いて開かれ、安田講堂を埋め尽くした聴衆から熱心な質問が続いた。その八割は女子学生だった。もしかして、この中から第二のオガタが生まれるかも知れないが、第二のアナンは難しいという冗談も出ていた。男子学生も、ぜひがんばってほしいものだ。

（「日本経済新聞」二〇〇九年七月九日夕刊）

アジアの中の甲子園

夏の高校野球の地方予選が始まった。日本最大のスポーツ・イベントだ。

甲子園にアジア諸国の高校を招待しよう、というのが私の持論である。まず野球の盛んな韓国と台湾から、さらに中国やフィリピン、事情が許せば北朝鮮から招いてもよい。各国（または地域）から一校でもよいし、複数でもよい。一校の場合には敬意を表して、二、三回戦から登場してもらってもよい。外国勢が勝ち進めば、向こうでは熱狂的な盛り上がりになるだろう。高校野球の前身である戦前の中等学校野球選手権には、植民地の中学が参加していた。満州の大連商と台湾の嘉義農林は決勝まで進出した。戦後では、復帰前の沖縄から参加した高校が熱烈な歓迎を受けた。

アジア諸国の高校の参加で、戦前の大東亜共栄圏を思い出す人がいるとすれば、考えすぎである。現在、アジアを席巻しているのは中国であって、日本ではない。中国で高校の卓球選手権があって、日本の高校が招かれたら反発するだろうか。喜んで参加するだろう。台湾も、オリンピックにも参加しているのだから、何の問題もないはずである。

すでにスポーツは、個人レベルでは国際化している。相撲、駅伝、卓球、野球、サッカー、いずれも外国人なしには成り立たない。アジアの地域統合を叫ぶ人は多いのに、スポーツだけ国境が高いのは変だ。もちろん、日韓その他、高校のチャンピオン同士の試合はある。しかしそれは甲子園の熱狂とは比較にならない。

春の選抜でもいいが、人気の点で、やはり夏だ。そして、そのさなかに八月六日、九日、十五日がある。アジアの若者が平和を誓うのにふさわしい日ではないだろうか。

（「日本経済新聞」二〇〇九年七月十六日夕刊）

老にして学べば

最近の教室で昔と違うのは、まず女子学生が多いことである。東大法学部の女子学生は、四十年ほど前は一%だった。現在は約二五%である。やがて五〇%になるだろう。

もう一つは、中高年の学生が少なくないことである。かつて私が教えていた立教大学では、三十年ほど前から、社会人経験のある人を別枠で受け入れ始めた。その中には、銀座のクラブのママさんもいたし、元音楽家から会社社長となり、引退して入学した人もいた。みなとても熱心で、休講や遅刻が多いと抗議された非常勤講師もいたし、若い学生諸君にもいい刺激になった。

東大では、学士入学という、卒業生のための編入試験がある。これを利用して引退後に学ぶ人が増えている。十年ほど前、還暦前後に入学したT氏は、明治の思想家、竹越与三郎について優れた論文を書かれたので、激励したところ、さらに勉強して、中央公論新社から立派な本を出版された。

数年前に学士入学したY氏は、海軍兵学校卒、旧制第二高等学校卒、新制東京大学経済学部卒、一九二六年生まれである。何度目かの挑戦で、大学院入試を突破し、今年、修士課程の一年生である。海兵の英語教育、旧制高校のドイツ語教育はしっかりしていて、普通は語学で苦戦するはずが、これを見事に突破してこられた。

佐藤一斎に、「少くして学べば壮にして為すことあり。壮にして学べば老いて衰えず。老にして学べば死して朽ちず」という有名な言葉がある。学問が、何かの手段だけではなく、それ自体、内在的な価値を持つものだということを意味している。グレイ・ヘアーの学生諸君は、そのことを、身をもって示していてくれる。

（「日本経済新聞」二〇〇九年七月二十三日夕刊）

歴史と報道

ウォルター・クロンカイト氏が亡くなった。九十二歳だった。一九五〇年代から七〇年代にかけて、アメリカ中から信頼された、伝説のアンカーマンだった。

クロンカイト氏は、私が二〇〇四年から〇六年にかけて国連次席大使だったとき、同じマンションの住人だった。国連本部のすぐ北にあるこのマンションは、ちょっと古いが、お金があるだけでは住めない、格式の高いところで、なかでも一番のＶＩＰが、クロンカイト氏と、ノーベル生理学・医学賞のジェームズ・ワトソン博士だった。

クロンカイト氏は、その数年前に夫人を亡くしたが、その後は同じマンションの女性と、ときどき一緒に食事にいっていた。ザルツブルク音楽祭でカラヤン指揮のウィーン・フィルとモーツァルトの戴冠ミサを歌ったという歌手だった。数ブロック先のレストランに行くのにも、運転手付の車が送迎していて、感心していたら、一緒に乗らないかと誘われ、有り難く辞退したこともある。

クロンカイト氏とゆっくり話をしたことは多くはないが、ノルマンディー上陸作戦、ニュルンベルク裁判、朝鮮戦争、占領下の日本など、古い話になることが多かった。こちらも歴史が専門だから、もちろん大歓迎で、話がはずんだ。

彼がアメリカでもっとも信頼される人物といわれたのは、何よりもこうした凄い歴史をみずから取材し、その中の人間の悲惨と栄光を見てきたからではないだろうか。それ以後の世代は、こうした経験において、逆立ちしてもかなわない。可能なのは、何よりも歴史を学ぶことだと思う。そのことを理解しているジャーナリストがどれほどいるか、不安なことである。

（「日本経済新聞」二〇〇九年七月三十日夕刊）

明治文庫

東大法学部の付属施設に、明治新聞雑誌文庫（以下、明治文庫）という小さな図書館がある。その運営は、小さいけれども私の大切な仕事の一つである。

これは一九二七年、宮武外骨（ジャーナリスト、世相風俗研究家）や吉野作造らが、博報堂の瀬木博尚の寄付を得て始めたもので、明治期に創刊された全国の新聞雑誌をすべて集めることを目的としている。

明治の新聞は、情報の宝庫である。報道機関であっただけでなく、新思想の紹介と議論の広場であった。たとえば、明治七（一八七四）年一月、板垣退助らが提出した「民撰議院設立白書」は、『日真新事誌』に掲載されて、広く知られた。これに対する賛否両論は、『明六雑誌』などで展開された。また新聞は有力な情報伝達の手段であり、政党の会合の場所や日時も、新聞で告知されることが多かった。

幕末の日本人にとって、民間人が世界の情報を収集し、出版するというのは、驚くべきことだった。福沢諭吉は、一八六二年の二度目の洋行のとき、上海の英字新聞で太平天国の乱や南北戦争について読み、新聞の威力を痛感している。そして『西洋事情』に、「西人新聞を見るを以て人間の一快楽事となし、之を読て食を忘ると云ふも亦宜なり」と書いている。

明治文庫の収集は今も続いている。数年前には、牧野富太郎が全国で植物採集をしたときに使った、地方の珍しい新聞がまとめて手に入った。昨年も、ある偶然から、かなりの種類の新聞雑誌を得た。こうして入手した新聞は、一枚一枚丁寧にチェックし、補修し、保存される。こうした地道な仕事の積み重ねが、学問を根底で支えているのである。

（「日本経済新聞」二〇〇九年八月六日夕刊）

本場の壁

私の趣味はオペラである。マニアというほどではないが、初めて本物を聴いたのが高校生のときだったから、経歴は長い。一番多く通ったのはニューヨークのメトロポリタン・オペラで、プリンストン大学留学時代と国連代表部勤務時代を中心に、通算百回くらい行っているだろう。

しかし、恥ずかしながら、本場中の本場、ミラノのラ・スカラ座には行ったことがなかった。ところが、昨年四月、友人の大野和士さんがヴェルディのマクベスを振ると聞いて、応援に行きたいと思った。日本人がスカラ座でヴェルディなんて、イタリア人が歌舞伎座で勧進帳をやるようなものである。

大野さんのご好意で、かつてイタリア国王やヴェルディ自身が座ったという特別の席で見ることができた。大野さんの指揮は、このオペラのすごさを鋭く描き出した素晴らしいものだった。しかし、残念ながら、当代一のマクベス歌いといわれるレオ・ヌッチが体調不良で直前にキャンセルし、その影響もあって聴衆の態度は冷ややかで、マクベス夫人が大事なところで少し音を外したら、激しいブーイングが起こった。聞けば、同じ歌手が前に登場したときも、賛否両論で、それを引きずっているのだそうだ。

ところが、その次の日にプッチーニの三部作を天井桟敷で聴いたら、凡庸な演奏としか思えないのにブラヴォーの嵐である。ご当地の歌手なのであろう。

いや、本場は怖い。公平でもない。後から来るものは、有無を言わさぬ力でそれを突破しなければならない。大野さんにはその力がある。音楽だけでなく、多くの分野で多くの日本人が、こうした伝統の壁を突破してきたのである。


(「日本経済新聞」二〇〇九年八月十三日夕刊)

南スーダン

今年の春、ゼミのOGのNさんが、南スーダンのジュバに行くというので挨拶に来た。公共政策大学院を卒業し、国際協力機構(JICA)に入ってまだ数年である。

かつてスーダンでは南北の間で長い対立が続いていた。それがようやく二〇〇五年一月に南北包括平和合意が結ばれ、三月、その実施を支援するために国連スーダン派遣団(UNMIS)という名の国連平和維持活動(PKO)が設立された。

当時日本は、非常任理事国として、安保理に復帰したばかりで、新米大使だった私にとっては、安保理における最初の重要な案件だった。PKO設立の決議は難航したが、スーダンPKO設立に消極的な中国が安保理議長になる四月より前に決議を成立させようと、推進派はみな努力して、月末の深夜に決議案を可決した。

〇六年六月には私も安保理の視察団の一員としてジュバに行った。南スーダンは将来の独立を目指しているが、独立しても、世界最貧国の一つとなるだろうと言われている。とくにインフラがひどい。

しかし、子供たちは制服を着て楽しそうに学校に通っていた。もっと貧しい国では、子供は労働力、下手をすると兵力とされるので、これは社会の安定と向上心の指標でもある。貧しいけれども、同じスーダンのダルフールよりは、ずっと可能性があるところだという印象を持った。

そこでJICAはいい仕事をしている。PKOの予算も一七％は日本が出している。ところがUNMISには、自衛隊員は二名しかいない。自衛隊の施設部隊でも出してインフラ整備にあたれば、日本の存在感ははるかに大きくなるのに、もったいないことである。

（「日本経済新聞」二〇〇九年八月二十日夕刊）

学問を決意したころ

大学院の博士課程で、私は明治大正期の陸軍の研究をしていた。そのころ、文学部の伊藤隆先生が、薩摩出身の陸軍の有力者だった上原勇作に寄せられた書簡を研究する会を組織され、私もその末席に加えていただいた。そして偶然、上原の右腕ともいうべき町田経宇《けいう》という軍人の書簡を担当することになった。数十通にのぼるその書簡は、いずれも大変に内容豊富なものだったが、とくに明治末期のある書簡は、陸軍の現状と将来に関する彼らの考え方や、ライバルである長州閥の動きについての詳しい分析を含む、素晴らしいものだった。しかし、惜しいことに、日付と消印のところの年月日が特定できない。それでは資料の価値は半減してしまう。

それで、書簡の中の挨拶や周辺的な記述から時期を絞り込み、封筒にわずかに残った消印や筆の跡などから、ある年月日のものと確定することができた。この間、総合図書館などで参考資料や関連資料を探して、半日ほど駆けずり回っただろうか。

マックス・ヴェーバーは『職業としての学問』の中で、学問的に価値のある達成というものは、専門の中に閉じこもることによってのみ可能であると述べ、「自分の全心を打ち込んで、たとえばある写本のある箇所の正しい解釈を得ることに夢中になるといったようなことの出来ない人は、まず学問には縁遠い人々である」と断定している。誰でも知っている有名な一文である。

わずか半日間のことではあったが、年代推定を終えてわれに返った私は、このヴェーバーの言葉を思い出して、ああ、自分は学者になれるかもしれない、と思った。三十数年前のことである。

（「日本経済新聞」二〇〇九年八月二十七日夕刊）

政治家の演説

三十年ほど前、政治家の演説を集めたレコードが出ていて、今も手元に置いている。

この中で一番古いのは、大隈重信総理大臣が、大正四（一九一五）年の衆議院総選挙のときに録音した演説、「憲政における世論の勢力」である。しかし、いかにも大時代的で、あまり面白くはない。

一体に、日本で雄弁と言われているものは、大げさで意表をつく表現と、名調子で人をひきつけるだけで、内容空虚なものが多い。永井柳太郎が「なほ階級専制を主張する者、西にレーニン、東に原敬」と言ったのも、現在、少しも面白くない。

このレコードには入っていないが、私が近代日本最高の演説家だと思うのは斎藤隆夫である。斎藤は歴史的な演説を、少なくとも二度行っている。二・二六事件の直後の「粛軍演説」と、一九四〇年二月に日中戦争を批判した演説である。とくに後者は、堅固な論理で一つ一つ政府の主張の矛盾をつき、聖戦という美名に隠れて国民に犠牲を強要していると批判し、いつ、いかなる条件で戦争は終わるのか、明らかにせよと迫った演説である。一時間半の演説の間、斎藤はほとんど原稿を見ることもなかったという。

斎藤の演説に軍は激怒し、軍に迎合する政治家によって、斎藤は議員を除名されてしまった。しかし、少数ながら、こうした動きに同調しなかった議員もいた。その中に、鳩山一郎や芦田均がいた。戦後の政党政治は、彼ら、斎藤を支持した人々によって、再生されたのである。

昔の政党政治家に比べれば、現代の政治家は弁舌さわやかである。しかし斎藤のような根源的な迫力のある演説を、現代の政治家からは聞いたことがない。

(「日本経済新聞」二〇〇九年九月三日夕刊)

外交とユーモア

国連のコフィー・アナン前事務総長は、次期事務総長の条件について聞かれて、「アイアン・フェイス」(あまり見ない表現だが)と「グレイト・センス・オブ・ヒューモア」と答えた。どんなに難しい状況に直面しても、鉄面皮と、ユーモアで切り抜けるということだ。当時、アナンの息子に収賄疑惑が浮上していて、アナン自身も関係していたのではないかと批判されていた。その状況を織り込んだようで、うまいことを言うものだと感心した。

二〇〇六年六月に、安保理の視察団で一緒にスーダンのダルフールに行ったとき、全員、現地の民芸品をお土産にもらった(本書第一章の扉写真参照)。イギリスのJ大使が中国大使に対し、「一つ失礼なことを聞いてもいいか」と言って、「これはメイド・イン・チャイナだろうか」と聞いた。この僻遠の地にいくら何でもそれはありえない。一同爆笑する中で、一人笑わなかった中国大使は、「いや、土地のものだろう」と答えた。当時、スーダン政府はダルフール問題に関して国際社会の非難を浴びており、石油を求めてスーダンに進出し、なにかとスーダン政府を庇《かば》っていた中国も、やはり批判の対象となっていた。それを織り込んだすごいジョークだった。

もう一つ、罪のないジョークを。有力国の大使が家族同伴で集まる会合があった。A国の大使が、夫人と十代の令嬢を同伴していて、みんなに「妻と娘です」と紹介した。するとB国の大使が、真剣に、また深刻な顔をして、「まことに申し訳ないが、どちらが奥様でどちらがお嬢様か、教えていただけないだろうか」と尋ねた。これには本当に恐れ入った。真面目な日本人にそこまで言える人は少ない。

(「日本経済新聞」二〇〇九年九月十日夕刊)

新渡戸フェローシップ

一九七六年から続いていた国際文化会館の社会科学国際フェローシップ、通称、新渡戸フェローシップが、昨年で終わってしまった。残念なことである。

これは、社会科学の分野の若手大学講師・助教授クラスで、まだ本格的な留学をしたことのない人を中心に、二年間留学させてくれるものだった。ドル建てだったので、当初はかなりの金額だったし、円高になっても、二年間というのは魅力だった。私は八一年から二年間、お世話になった。

新渡戸フェローシップの中心は、松本重治先生だった。新しいフェローを集めた会合で、先生が、「おはよう、は英語で何と言いますか」と尋ねられた。「グッド・モーニング」ではないでしょうか、と誰かが恐る恐る答えた。「そうですね。では、おはようございます、は何と言いますか」と言われて、みんな困ってしまった。正解は、「グッド・モーニング、ミスター・○○」である。

また、外国では図書館と自宅を往復するだけでなく、よい友人を作りなさいとか、新渡戸稲造先生に「センス・オブ・プロポーション」の重要性を教わったとか、そういう話も聞かされた。要するに、専門の枠に閉じこもるのではなく、社交の精神を重視して、広く外国を学び、溶け込んできてほしいということであった。そこに、新渡戸の個性が明確に刻み込まれていた。

今日、奨学金はいろいろあるが、詳細な研究計画をもとに、客観的な基準で選抜が行われるものがほとんどだ。それももちろん大事だが、見どころのある若者を選んで、好きなことをして来い、というようなおおらかなものは少なくなった。ちょっと残念なことのように思う。

（「日本経済新聞」二〇〇九年九月十七日夕刊）

吉野作造のこと

私の担当科目は日本政治外交史といって、近代日本の政治と外交の歴史を研究対象とする。講座開設当初は「政治史」という名前で、初代の教授は吉野作造だった。吉野は最初ヨーロッパについて講義し、のちに日本を対象とした。吉野は一九二四年、東大を辞職するが、その後も非常勤講師として、政治史の講義を続けた。

吉野作造というと、大正デモクラシーの旗手として、華やかなイメージがあるが、東大辞職以後の生活は困難を極めた。学問的・政治的・社会的活動が拡大する一方で、収入は激減し、病気に悩まされ、かなりの発熱を押して会合に出席し、執筆を続ける有り様だった。政治史の講義も、病気のため、三〇年、三一年は休んでいる。

ところが、三一年に満州事変が起こると、中央公論社から久しぶりの依頼を受けて、吉野は病気を押して事変を論じた。この論文、「民衆と階級と戦争」は、満州事変が侵略以外ではありえないことを徹底的に明らかにし、かつ、それまで軍部に批判的だったメディアや無産政党が事変を賛美していることを厳しく批判したものである。検閲によって伏せ字だらけになっているが、素晴らしい論文で、私は吉野の評論の中でこれが一番好きだ。

吉野は三二年十一月に講義を再開した。この講義を聴講された団藤重光先生によれば、吉野はかなり強い東北なまりで、時々せき込んで、窓際に座って休んではまた再開するという風だったという。その翌年、三三年三月に吉野は五十五歳で没している。

現在、私の周辺の若い研究者が、吉野の講義録を収集して活字にしているが、この最後の講義のノートはまだ手に入っていない。ぜひ入手したいものだと思っている。

(「日本経済新聞」二〇〇九年九月二十四日夕刊)

佐藤ゼミのこと

大学に入ってすぐ、政治学のゼミに入りたいと思った。人気の高い京極純一先生のゼミは、応募者が多くて入れないかもしれないと考えて、無名な先生のゼミを選んで申し込んだ。それが佐藤誠三郎先生で、のちには大平・中曾根内閣のブレーンとしても知られたが、まだ東大に移られたばかりで、世間的にはまったく無名だった。

しかしその頃の先生は気力充実、迫力満点だった。希望者は全員入れてあげます、ただし私のゼミは厳しいのでそのつもりで、と言われて、毎週一冊、かなり厚い本を読まされ、毎日何らかの報告をさせられた。多いときは一回で上下二冊の本を読まされた。最初四十人いた仲間は一年で半分になった。どうも消化不良だから(消化できるはずがない!)、もう一度やりたいと、二年目に参加したのが十名いた。

二年目のゼミには新一年生も加わった。しかし二カ月後に、東大紛争が拡大して教養学部は無期限ストに入った。先生は、一人でも授業を受けたいという学生がいる限り授業は続けるといわれた。ゼミにはスト反対派も賛成派もいたが、このゼミは面白いから続けたいという連中が集まって、最初は大学の中で、それが難しくなってからは学外で続けた。駒場の日本近代文学館とか、新宿の大きな喫茶店まで使ってゼミを続けた。同期の仲間には舛添要一(前厚労大臣)、下斗米伸夫(法政大学教授、元国際政治学会理事長)、一年下には渡辺博史(日本政策金融公庫副総裁、元財務官)などがいて、みな親しくしている。

あれから四十年あまり、先生が亡くなられて十年たつが、十代で参加した佐藤ゼミの思い出は今も鮮烈である。

(「日本経済新聞」二〇〇九年十月一日夕刊)

新米教師のころ

一九七六年に大学院を修了して、立教大学で教えることになった。尾形典男総長に呼び出されて、言われた。「いいか、本郷(東大)には教育はない。教師が自分の好きなことを話せば学生は勝手に勉強する。ここではそうはいかない。おだてたり、脅したりして勉強させなきゃならん。そのためにお前に給料を払ってるんだ。分かったな」。こう書くと何か乱暴だが、二十代の新米教師に対する愛情に溢れた率直な言葉で、私はすっかり感心してしまった。

立教大学はもともと宣教師が作った大学なので、学生と教師の距離が近かった。法学部には、一年生のためのゼミがあったので、高名な先生の研究室を一年生が訪ねてくることもあった。これには驚いた。東大の研究室は何か恐ろしいところで、学部時代には一度も行ったことはなかった。また東大の学部時代には一度もゼミ合宿に行ったことがなかったが、立教では毎年何度も行くようになった。このように、東大とはまったく違う立教のカルチャーに、私は尾形総長の言葉に導かれてすんなりと入って行った。

ただ、私は教室の中では厳しい教師であろうと務めた。圧倒的に偉い先生だから有り難いのであり、友達のような教師など無意味だと思っていた。そこには、かつての佐藤ゼミの記憶があった。その後、徐々に甘くなったが、新米のころは厳しい教師だった。ついてこられなかった諸君も二、三割いただろう。

初期の私のゼミで学んだ諸君は、もう四十代半ばを過ぎ、社会の各方面で活躍している。彼らの活躍は私の誇りだが、同時に、肌が合わなかった諸君には、申し訳なかったと思っている。

（「日本経済新聞」二〇〇九年十月八日夕刊）

原口さんの急逝

宮内庁式部官長の原口幸市氏が登山中に急逝された。まだ六十八歳で、本当に驚いた。原口さんは私が国連代表部の次席大使に任命されたときの大使で、とてもよくしてもらった。

外交の現場のことを国民に知ってもらうのが民間から起用された大使の責務だと思っていたので、私は新聞や雑誌に数多くの原稿を書いたが、それに本省は実に細かく修正を加えてきた。ひどいときは、「この部分削除」などと言ってくる。検閲はやむを得ないし、コメントは歓迎なのだが、これでは前後の論旨がつながらなくなってしまう。要するに、既定のラインどおりにすることが何よりも大切な人が東京には大勢いたのである。これに対して原口大使は、特別に民間から迎えた人なのだから、通常の基準で検閲をしないようにと本省に申しいれてくれたこともあった。

また、学者大使が出やすいような場面はさりげなく私に譲って、そしらぬ顔をしておられた。実に立派な外交官で立派な紳士だったと思う。

日本は同質性の高い社会である。多くの会社や官庁もそうである。その中で従来の慣習どおりに暮らしていれば、心地よい。しかし、そういう同質性の高い組織は、異質なものを抱え込んだダイナミックな組織との競争に勝てるだろうか。

大学でも、最近はしばしば実務家や外国の研究者を受け入れている。そのためには、従来の居心地のよい慣習を墨守《ぼくしゅ》するのではなく、積極的な配慮をめぐらして新しい要素を受け入れていかねばならない。そういうことへ自覚的な取り組みなしには、大学も企業も、さらに日本も、世界の競争の中で生きていけないだろう。

（「日本経済新聞」二〇〇九年十月十五日夕刊）

国連総会

国連総会における鳩山（由紀夫）首相の活躍をみながら、自分が次席大使として初めて参加した二〇〇四年の総会を思い出していた。

総会では各国首脳が演説するので、これに敬意を表して、聞かなくてはならない。しかし各国首脳は、他国の首脳との会合などで忙しく、会場にはめったにいない。大使（常駐代表）は、首脳に付き添うので、次席大使あたりが聞き役になる。

首脳が演説を始めると、そのテキストが総会議場の脇で配布される。内容をチェックして、特徴があれば、すぐ報告する。演説が終わりに近づくと、急いで演壇の裏手に行き、首脳が出てくるのを待つ。そこで握手をして、素晴らしい演説だった、などと言うのである。

そのころ、私はテニスで肉離れを起こした直後で、歩くのが不自由だった。自分が不自由だと、同じ悩みの人に気がつく。デンマークの女性大使はゴルフで痛め、スイスの大使はモーターサイクルで転び、カナダの大使は原因不明の腰痛で、それぞれ杖をついていた。

ともあれ、演壇の裏まで走っていくと、演説を終えた国の友好国や近隣諸国の外交官が並んでいる。大国には当然長い列ができ、小国の列は短い。しかし日本は必ず行く。ほぼすべての国に挨拶に行く。

国連では、主権国家は対等であり、どの国も一票を持つ。しかしそういう打算を抜きに、とても良かった、これからも一緒にがんばろう、という気持ちになってくる。政治家の方々が、誰にでも頭を下げる気持ちがよくわかる。むしろ小さな国、短い行列ほど、行きがいを感じる。「大国にもおねらず、小国を侮らず」。これが日本の方針でなければならない。

（「日本経済新聞」二〇〇九年十月二十二日夕刊）

日韓歴史共同研究

二〇〇二年五月から二年間、日韓歴史共同研究に参加した。近現代部会の最初に、まず時代区分をすることになり、当然ながら、日韓併合以前、植民地時代、独立以後、ということになった。それぞれの時期に名前をつけようということになって、韓国側から植民地時代について、「〈開発〉か

〈搾取〉か」という名称が提案された。

これは驚きだった。留保つきとは言え、日本統治下で発展があったということを認める発言だったからである。それまで、韓国の学者が植民地時代について肯定的なことをいうのは、ほとんど聞いたことがなかった。一九二〇年代の統治は相対的に文明的だったと言うと、それは家畜を太らせて高く売るのと同じだ、という返事が返ってきたし、国際会議では、日本の朝鮮支配は世界でもっとも過酷な植民地支配だったという、まったく根拠のない発言を、何度も聞かされた。

しかし、韓国が発展して自信を持ち、民主化が進み、また韓国の学者も米英などで研究するようになると、客観的に歴史を見る人が増えてきたのであろう。

日韓歴史共同研究は、かなりの成功をおさめたと思う。三谷太一郎（東京大学名誉教授）座長は、この共同研究を通じて、「学問はナショナリズムの防波堤にならねばならない」という意識を共有するアカデミック・コミュニティが生まれたと指摘しておられる。

たしかに、がんらい学問は国境を越えるものであり、大学はもともと近代国家成立以前から存在したものである。私は今、日中歴史共同研究の日本側座長をしているが、これは韓国以上に難しい。しかし学者が果たすべき役割は同じだと思う。

（「日本経済新聞」二〇〇九年十月二十九日夕刊）

オカピ

夢中で本を読んでいて、「ご飯ですよ」と呼ぶ母親の声でわれに返ると、もうすっかり日が暮れていた。子供のころ、よくそんなことがあった。人生であれほど幸せな時間はなかったと思う。

熱中した本の一つが、ドリトル先生物語で、その第一冊が『ドリトル先生アフリカゆき』だった。動物の言葉を解する医者のドリトル先生が、アフリカでサルの間で大疫病がはやったとき、駆けつけてサルを治療し、疫病を退治する話である。サルたちは、ドリトル先生への感謝の印として、人間が見たこともない珍しい動物をプレゼントしようということになる。何がいいか。いろいろ案が出た末、オシツオサレツという架空の動物が登場するのだが、その前に候補に出た珍しい動物の一つが、オカピだった。

オカピは絶滅に瀕した珍獣で、アフリカ、コンゴ民主共和国の東北部などに住んでいる。ニューヨークのブロンクス動物園にもいるし、日本では上野動物園にもいる。大型のシマウマのように見えるが、実はキリンの先祖にあたるらしい。なかなか威厳があって、かつ可愛らしく、何か不思議な動物である。

コンゴ共和国にはMONUCという大型のPKO（国際平和維持活動）が展開されている。今でもしばしば紛争が起こるのが、イトゥリとかガトゥンガというところで、そこは実はオカピの生息地である。PKOでは、住民の支持が不可欠なので、正確な情報を流すことが極めて重要である。そのために放送局を持っていることが多いが、MONUCのそれは、ラジオ・オカピという。ちょっとユーモラスなネーミングだが、オカピはコンゴの人に愛されているのだろうと思う。

（「日本経済新聞」二〇〇九年十一月五日夕刊）

ジャンセン先生のこと

外国における日本研究は、中国研究の勢いの前に影が薄い。こうした状況を何とかしようと、「現代日本を理解するための百冊の（英語の）本」を選んで、世界に紹介、贈呈しようというプロジェクトを日本財団が開始した。

私も選考委員として参加したが、新しい本に良いものが少なく、一昔前の本が多数を占めた。なかでも目についたのは、故マリウス・ジャンセン教授（一九二二〜二〇〇〇）の本だ。ジャンセン先生は若くして『孫文と日本人』、『坂本龍馬と明治維新』という二つの画期的な著作を著し（司馬遼太郎の『竜馬がゆく』にも、ジャンセン教授の影響があるように思う）、十二歳年長のライシャワー教授らとともに、欧米における日本研究の中心となった。微笑をたやさぬ教養人で、私を含め、プリンストン大学でお世話になった日本人は数知れない。

ジャンセン先生は軍の学校で日本語を勉強し、通訳として日本にやってきた。宇垣一成や徳富蘇峰のような歴史上の人物の通訳もしている。最初に上陸したのは沖縄だったが、その後、ずっと沖縄には行かれなかった。沖縄戦のことを考えれば分かるような気がする。しかし最後の来日のとき、二度目の沖縄訪問を果たして、行ってよかったと言っておられた。

ジャンセン教授の世代の日本研究者は、英語による日本研究はほとんどなかったから、日本語文献を片っ端から読まざるをえなかった。大学のポストも限られていたので、日本関係のことは何でも教えた。その結果、広大な守備範囲と独創的な専門研究をあわせ持つ学者が何人かでた。そういうことは、もう期待できないのかもしれない。

（「日本経済新聞」二〇〇九年十一月十二日夕刊）

古いLPのこと

日本の大手家電メーカーがステレオセットを発売したのは一九五八年のことらしい。私の家でも、その二、三年後に購入して、私はクラシック音楽に夢中になった。

そのころ聴いたレコードは隅々まで覚えている。最初に買ったのは、バーンスタイン指揮ニューヨーク・フィルの『新世界より』だった。実にダイナミックで颯爽とした、素晴らしい演奏だった。

ジャケットの裏の写真は、自由の女神に向かうフェリーから見たマンハッタンの写真で、フェリーの上にはグラマーな女性がにっこり微笑んでいた（このとき、世界貿易センターは、まだなかった）。

ピアノではホロヴィッツの弾いたシューマンの「子供の情景」やスクリャビンの入ったLPを飽きることなく聴いた。ジャケットの裏の写真は、子供たちが遊んでいる公園の写真で、秋の夕暮れがしみじみと美しかった。

CDの時代になって、LPの大部分はCDに買い替え、処分してしまった。CDはコンパクトで、簡単で、音がよく、長持ちする、と思われた。LPで残したのは、CDになっていないものと、とくにジャケットが気に入っていたものだけだった。

馬鹿なことをしたものだと思う。CDはたしかにコンパクトで簡単だが、音質と耐久性には疑問もある。それに、じっくり音楽を楽しめる時間は、それほどあるものではない。人生には限りがある。二、三年前に、またプレーヤーを買ってきて聴くようになった。LPの音は悪くない。温かく深みがある。中古レコード屋で、昔手放したレコードを少しずつ買っている。同じジャケットに出会うと、旧友に再会するような、無上の喜びを覚える。

（「日本経済新聞」二〇〇九年十一月十九日夕刊）

M君と友人たち

立教大学時代、M君という全盲の学生を教えたことがある。高校時代に視力を失ったので、まだ一人で歩くのも不自由だったし、点字の読み書きも速くはなかった。

受け入れる側にも戸惑いがあった。法学部なので、かなり高価でかさばるけれども、点字の六法を図書館に用意した。試験のときは時間を延長し、口述の答案を認めるなど、いろんな新しい規則を作った。私は一年生からずっと教えたが、なるべく点字のある本やテープのある本をテキストに選び、時にはボランティアの方にテープに吹き込んでもらったりした。ゼミ合宿に行くと、目が見えないで食事をすることがいかに大変かよくわかったが、どうすればいいのか、最初はとまどった。

しかしM君はとても明るくて前向きな学生だったし、周囲のみんなもよく彼を助けた。一年生のころ、よくゼミの仲間が彼の手を引いて駅から大学まで歩いていた。周囲のみんなも、彼を助けるところから学ぶところが多かった。私自身、いろんなことを教わって、よい経験をさせてもらったと思っている。

卒業後、M君はマッサージや鍼灸師の資格をとり、生計の基礎を固めた上で留学した。このときも、多くの方のご厚意にお世話になった。帰国後、M君は社会のために働きたいと、市議会議員選挙に出て当選し、現在も活躍している。

M君のいたゼミは結束が固く、公共のために働きたいという意欲の強い諸君が多かった。八月の総選挙では、M君の高校時代からの仲間であるO君が、当選して国会議員となった。M君と彼をサポートする諸君が、相互に高めあった結果ではないかと思っている。

（「日本経済新聞」二〇〇九年十一月二十六日夕刊）

アフリカ支援と日本

国連大使時代の二〇〇五年一月十八日、ケニアからオフィスに電話がかかってきた。相手は友人であるコロンビア大学のジェフリー・サックス教授で、「オリセットを知っているか」と言う。私は何も知らなかった。これは、防虫効果を持つ繊維で作った住友化学製の蚊帳《かや》で、マラリア予防に大きな効果をあげつつあった。マラリアは、アフリカでエイズウイルス（HIV）とともに多くの犠牲者を出しており、これに対する最も有効な対処策は日本の伝統から生まれた蚊帳だった。それから私たち、とくに妻はこの考えに共鳴して、マラリア撲滅キャンペーンに加わっていった。

サックスは、その後、ミレニアム・プロミスという非政府組織（NGO）を立ち上げ、アフリカの最貧困村を対象に、初等教育、医療・保健、水、農業改良などをパッケージにした支援、ミレニアム・ヴィレッジ・プロジェクト（MVP）を始めた。アフリカに対する支援は、現地に届かないことが多い。これは、最も必要な場所に直接、包括的な支援をしようというものである。しかもこれは、日本の近代の発展に多くを学んだものだった。

MVPは、日本が国連に寄託した資金で始められ、大きな成功をあげている。日本のアイデアで、日本の資金で始まったものを、日本でやらない手はないと考えて、私と妻は帰国後、ミレニアム・プロミス・ジャパンというNGOを作った。寄付文化の弱い日本での活動は容易ではないが、今は、日本の学生にアフリカの貧困地を経験させること、そして現地では女子への支援を中心に活動を続けている。関心を持って参加してくれる学生は、かなり多い。彼らの将来が楽しみである。

（「日本経済新聞」二〇〇九年十二月三日夕刊）

フー・ツォンの演奏会

二〇〇四年十月、ニューヨークでフー・ツォン（傅聰）のピアノ・リサイタルを聴きに行った。フーは一九三四年に生まれ、ポーランドに留学し、五五年のショパン・コンクールで三位に入賞して世界に知られた。

私は彼のレコードを愛聴していた。ショパンのマズルカやノクターンなどは深い孤独と静謐《せいひつ》の世界に導いてくれる美しい演奏だったし、モーツァルトの小品集も素晴らしかった。八二年に来日したときに、二度、聴きに行って、深い感動を覚えた。

フー・ツォンの父レイは有名なフランス文学の翻訳家で、文革の中で紅衛兵に批判され、六七年、夫婦とも自殺している。この間、彼が外国で勉強するツォンに書き続けた書簡は、のちに出版されているが、中国と西洋の古典についての教養の深さと、息子に対する熱烈な愛情に圧倒される本だ(榎本泰子訳『君よ弦外の音を聴け』[樹花舎])。

そのフー・ツォンを二十年ぶりに大きな期待を持って聴きにいったのだが、結果は失望だった。聴衆には中国人の子供連れが多く、子供のマナーがとても悪いのである。演奏中にごそごそしたり、しゃべったり、ひどい場合には歩きだしたりして、親はたしなめない。フー・ツォンが演奏を始めるタイミングが取れず苦笑を浮かべているのが、なんとも悲しかった。

今日の中国の経済的発展は素晴らしいが、マナーはまだまだである。孔子学院は、中国ビジネスへの期待で大人気だが、孔子の教えを伝えているわけではない。日本人には中国の古典に親しんだ人が多い。私もそうだった。それゆえに、中国が軍事力や経済力で世界を驚かせるのではなく、文化の力で世界に影響を及ぼす国になってほしいと願っている。

(「日本経済新聞」二〇〇九年十二月十日夕刊)

バッターボックスに立て!

ゼミの時間に、ときどきテキストを離れて、現代の問題について、「君ならどうしますか?」と質問することにしている。少し前のことだが、フジモリ元ペルー大統領が日本に亡命をしようとしているが、君ならどう判断するか、李登輝元台湾総統が訪日しようとしていて中国が反対しているが、君ならどう判断するか、という具合である。

すると、「えっ、僕が答えるのですか」「そうです」「えーっと、個人的には……」「君は一介の学生だよ。個人的な立場以外にあるはずがないんだから、そんな前置きはいりません」「……」という風に話が進む。

答えが正しいかどうかはさほど重要ではない。その問題を考えるための基礎的な知識をきちんと身につけていて、それを使いこなせているかどうかが、重要なのである。

二十年近く前、ある高名な評論家に、意見の賛否は別として、この北岡という人は、いつもバッターボックスに立っていると言われたことがあった。大変な賛辞だと、ありがたく受け止めて、そうありたいと務めている。

大体、自分が責任者だと思って考えなければ、真剣にはならないものだ。どうせ誰かが決めてくれるだろうという態度では、進歩はない。バッターボックスに立って、凡打や三振を繰り返して人は成長するのだと思う。

私は普段からストレートなもの言いをする方なのだが、ゼミの中ではかなり放言もしている。学生諸君がそれを面白がって、「北岡伸一語録」なるものを作ってくれた。そのトップにあったのが、「バッターボックスに立て！」だった。私の願いに共鳴してくれたとしたら、うれしい。

（「日本経済新聞」二〇〇九年十二月十七日夕刊）

巧言令色亦是礼

福沢諭吉の『学問のすゝめ』の冒頭は、「天は人の上に人を造らず……」だが、最後に何が書いてあるか、知っている人は多くはないだろう。

最後の第十七編「人望論」のまた最後で、福沢は次の三点を論じている。

その第一は、言語を学ぶことである。難解な用語ではなく、分かりやすい日本語を用いて分かりやすい表現をせよという。

第二に、顔色容貌を快活にせよ、と述べている。苦虫を噛み潰したような顔をしていたのでは人は近寄ってこない。人と人が接触するところで発展がある。「顔色容貌の活発愉快なるは人の徳義の一箇条」だとまで述べている。のちに福沢は、論語の「巧言令色鮮矣仁《こうげんれいしょくすくなしじん》」を逆転させ、「巧言令《こうげんれい》色亦是礼《しょくこれまたれい》」という言葉を作り、よく揮毫《きごう》に用いた。

第三に、専門だけに閉じこもらず、いろんな人と交際せよ、という。旧友を忘れず、新友を求め、様々な方法で交際を広げよと述べている。

昔教わった坂野正高《ばんのまさたか》先生の本の中に、外交史を勉強するためには人と仲良くせよ、という妙な教えがあった。仲良くしていないと、本を貸してくれないからだという。学問に淫した碩学は、新しい知識を得るために、ここまで徹底したのである。

私の狭い知見の中でも、立派な学者は、概して謙虚なものである。謙虚にしていないと、周りは何も教えてくれないので損をすることになる。つまり、学問的な貪欲さが、謙虚な態度に結びつくということではないかと思っている。

福沢の三つの教えは、当たり前のことで、簡単なようだが、そうでもない。私自身、三カ条をよく守っているかどうか。今後とも反省し、自戒したいと思う。

（「日本経済新聞」二〇〇九年十二月二十四日夕刊）

吉野の桜

吉野というと奈良県の南部と思われるが、じつは奈良県の南のほう、三分の二が吉野郡である。

そして吉野山のある吉野町は、吉野郡のいちばん北のほうにあるので、位置的には奈良県の真ん中よりも北にある。言い換えれば、吉野山は吉野の山地のまだ入り口であって、その南に奥深い山地が広がって、和歌山県の熊野に至るわけである。これが、世界遺産に登録されている地帯である。

吉野が書物に現れるのは、神武天皇の東征のときである。その際に神武天皇の道案内をしたのが、八咫烏《やたがらす》という三本足の大きなカラスであった。戦前の教育を受けた人なら誰でも知っている話である。現在でもサッカー・ファンなら、日本サッカー協会のシンボル・マークとして八咫烏をご存じかもしれない。これは、日本に近代サッカーを紹介した中村覚之助氏を記念し、その出身地にある熊野那智大社のご神体である八咫烏を選んだという。

八咫烏と同じ三本足のカラスは、朝鮮半島や中国東北部の古墳などにもしばしば見られる図柄である。また、そのいずれにおいても、太陽信仰と関係の深い象徴であるという。古代日本と朝鮮半島との、多くのつながりの一つであろう。

神武天皇はともかく、古代の天皇はしばしば吉野を訪れた。当時の都の所在地はもちろん飛鳥であって、そこから山を越えて南に一〇キロ余り行くと、熊野に源を発した吉野川(紀ノ川の上流)沿いに出る。その美しい川辺には吉野離宮が築かれたことになっている。とくに持統天皇(在位六九〇〜六九七)の行幸は実に三十一回におよんだという。もちろん持統天皇の場合、その頻繁な行幸には特別の理由があった。壬申《じんしん》の乱である。六七一年、出家して吉野に隠棲した大海人皇子《おおあまのおうじ》が、翌年、近江京に対して反乱を起こし、成功させたことは誰しも知るとおりだ。当時の讃良《さきら》皇女、のちの持統天皇は吉野に同行し、大海人皇子の出兵にも少なくとも途中まで随伴している。吉野は忘れがたい土地だったのだろう。

ところが、このころの吉野には桜の話は出てこない。天武天皇は「よき人のよしとよく見てよしと言ひし吉野よく見よよき人よく見」という歌にも桜は出てこない。万葉集には桜は出てくるが、必ずしも吉野との関係ではない。古代の日本で花というときは、梅を指した。「難波津の咲くやこの花冬ごもり今は春べと咲くやこの花」（王仁）の花は梅だった。しかし、それは徐々に桜へと変化する。「ひさかたの光のどけき春の日にしづ心なく花の散るらむ」（紀友則）の花は桜である。

吉野の桜の普及は宗教と深く結びついたものである。七世紀に活躍した伝説の行者、役小角《えんのおづぬ》は一〇〇〇日の苦行ののちに悟りを開いた。そして蔵王権現を本尊とする金峰山寺を開き、その御神木を桜としたといわれている。御神木の献木として桜を植え、大切にし、敬うことが盛んになったとも伝えられる。そうだとすると、吉野の桜の歴史は一三〇〇年ほどになる。

平安時代になって吉野の人気は高まる。吉野を訪れた人のリストを作ると、誠に印象的である。空海（七九五）、宇多天皇（九〇五）、藤原道長（一〇〇七）、藤原頼通（一〇五二）、藤原定家（一〇五六）、藤原師通（一〇八八）、白河上皇（一〇九二）などの名が連なる。

しかし、吉野の桜が本当に有名になるのは西行（一一一八～一一九〇）以後のことである。「吉野山こずゑの花を見し日より心は身にもそはずなりにき」は、西行の出家の心情にも直結する歌だが、全部で二一八六首ある西行の歌のうち、五七首が吉野の桜に関する歌だということである。「願はくば花の下にて春死なん　そのきさらぎの望月のころ」は、もっとも良く知られた歌だろう。同じころ、吉野を訪れた人物に、兄に追われていた源義経がいた。一一八六年、吉野山に入り、静御前と別れ、さらに落ち延びた。

次に吉野が注目を浴びるのは後醍醐天皇の時代である。南朝は一三三六年から一三九二年まで続いた。楠木正成が天皇に別れを告げるために吉野を訪問したのは一三四七年のことだった。

豪勢な花見という点で、並ぶもののないのは、文禄三（一五九四）年、豊臣秀吉の吉野山の花見である。甥であり養子であった秀次に関白を譲って太閤となった秀吉は、秀次、徳川家康、宇喜多秀家、前田利家、伊達政宗など、総勢五〇〇〇人を引き連れて、現在の暦でいえば四月二十二日に吉野山に着いた。それまで雨が続いており、晴天祈願をしたところ四月二十一日に晴天となり、全山の桜が咲きそろって秀吉を満足させたという。このとき、秀吉以下の武将がそれぞれ五種の歌を詠んだものが残っている。秀吉の歌は、「とし月を心にかけし吉野山　花の盛りを今日見つるかな」という。

桜に強烈なイデオロギーを（結果的に）付け加えたのは本居宣長《もとおりのりなが》である。宣長は三度も吉野に行っている。三重松坂の人だから、遠くはないが、この時代に三度というのはかなりの回数である。そして「敷島の大和心を人問はば　朝日に匂ふ山桜花」という歌は、戦前、宣長が考えていた以上にもてはやされた。潔《いさぎよ》く散るのが日本人、という思想が生まれ、靖国神社の桜と結び付けられた。そこまでは宣長の責任ではないだろうが。

江戸時代に吉野山は大いに繁盛し、「桜の枝を折れば指一本、木を切れば腕一本で償《つぐな》う」という習慣があったという。しかし明治の初めになると吉野の桜は苦境に立った。廃仏毀釈《はいぶつきしゃく》の影響で、神仏混交のさいたる場である吉野の山岳信仰は、弾圧されたり無視されたりしたらしい。

ところが明治の後半からは南朝正統論が強まり、そのお陰で楠木正成などが顕彰され、吉野は復興した。大正時代には近くまで電車が通り、人力車のちにタクシーが観光客を運んだ。一九二八年には日本で七番目となるロープウェーが作られ、これは現在運行されているもっとも古いロープウェーである。

しかし、敗戦の結果、吉野はまた寂《さび》れた。食糧難の時代に観光を省みる人は少なく、皇国思想への反動もあった。観光の復活には高度成長期を待たねばならなかった。

そして今、吉野はもっとも難しい局面を迎えている。それは人口の減少である。吉野の桜はシロヤマザクラである。寿命は八十年から九十年程度であって、それほど長いわけではない。そして、これは世話する人があって初めて咲き誇る花なのである。現在、一帯の過疎は甚だしく、山の手入れをする人手がない。人の手が及ばなければ病気も広がる。三ヘクタール。地元では、今、桜の保護を訴えるキャンペーンをやっている。

考えてみると、私はそれほど昔から桜が好きだったわけではない。花見の宴の酔っ払いは嫌いだった。

しかし吉野に生まれた私の身近にはいつも桜があった。高校は奈良公園の中にあって、四月には美しい桜が咲き誇っていた。東大へ進んでも、駒場キャンパスのグラウンド脇には桜があった。もちろん本郷キャンパスにもある。しかも本郷からは上野の山の桜も近い。

アメリカに暮らしたとき、ワシントンの桜を何度も見に行った。国連大使時代、ニューヨークで暮らしたときにはセントラル・パークの桜、ブルックリンの植物園の桜、マンハッタンのグラント将軍の墓の近くの桜も、小さいながら美しく、印象的だった。花を愛《め》でるという気持ちにさせてくれるものは、やはり桜だと思う。しかも、それらはいずれも日本のものとして理解されている。

吉野の桜の歴史をおさらいしてみて、わざわざ吉野を訪れて桜を愛でた人々のリストに圧倒された。この桜は自然に保たれたものではなく、多くの人々の努力で維持されてきたのである。そういう歴史的な資産を、われわれの時代で消滅させてはならないだろうと思う。

（「學士會会報」八八一号、二〇一〇年）

日本政治外交史とアメリカ政治外交史

斎藤眞《さいとうまこと》先生のアメリカ政治外交史の講義を聴講させていただいたのは、一九七〇年のことだった。講義にすっかり魅せられてしまい、毎週二回、東大法学部三階の二十六番教室に行くのが楽しみだった。

法才26番教室
3階

試験もよく出来たつもりだったが、結果は良。専門科目の良は初めてで、ちょっと意外だったが、それでも直接教わりたくて、次の学期に先生の演習に申し込んでみたら、入れてくださった。最初の時間に、「この間の試験はとても出来がよくて、採点で困ってしまいました。優は三割までと決まっているので、やむなく良にした答案がずいぶんありました。良がついた人も、がっかりしないでください」と言われた。何ということのない内容だが、東大の法学部の先生で、そんな率直なことを言われる方は滅多にいない。ああ、なんていい先生なんだろうと、嬉しくなってしまった。

さらに先生のゼミは談論風発で楽しかった。駒場のクラスメートだった古矢旬氏と一緒に、Hans KohnのAmerican Nationalismという本を読んだのだが、アメリカでは政治体制がナショナリズムの根源になっているということを、興味深く学んだ。

私が卒業した一九七一年は、大学紛争の余波で東大の卒業式はなかったが、そのかわりに卒業証書伝達式が行われた。私は三類だったため、斎藤先生から直接卒業証書をいただいて、嬉しかった。私も教師になってから、先生にならって、なるべくそういう場所には出ることにしている。私から卒業証書を直接もらったことを喜ぶ学生もいるかも知れないからだ。

大学院では二度、演習に参加させていただいた。一度目はThe Anti-Federalist PapersをThe Federalist Papersと対比しつつ読み、二度目は、有賀弘先生と共同の演習で、Alfred VagtsのA History of Militarismという本を読んだ。近代日本においても、憲法制定の構想から天皇機関説事件に至るまで、憲法論議は政治の核心的な問題だったし、政軍関係の重要性については改めて言うまでもないだろう。先のナショナリズムの問題とともに、先生のこうした演習に参加して視野を広げることができたのは、本当に幸運だった。

一九七六年には博士論文の審査に加わっていただいた。審査委員は、日本政治外交史が三谷太一郎先生と社会科学研究所の坂野《ばんの》潤治《じゅんじ》先生、アジア政治外交史の坂野《ばんの》正高《まさたか》先生とヨーロッパ政治史の篠原一先生、それに斎藤先生の五人で、これ以上考えられない豪華キャストだった。

それから十年ほどして、先生からあのときの記念にと、満鉄の株券をいただいた(私の博士論文では、満鉄が重要な役どころを演じていた)。そこには「五拾株券　金貳千五百圓　株主河本瓶殿　南満州鉄道株式會社総裁　松岡洋右」とある。株主は、先生の母方のお祖母様らしく、株券の裏面の譲受人の欄には「斎藤文子　昭和十二年三月六日　斎藤眞　昭和十七年九月六日」とあり、その次には、先生らしいユーモアで、「北岡伸一　一九八六年三月二四日」とあって、先生の実印が押してある。「僕の教育費なんかもこういう日本帝国主義から出てたんだね」と言われた。この株券は、今でも大切に私の机の前に置いている。

斎藤先生にはよく東大の政治史研究会でお世話になった。私が初めて参加させていただいたのは一九七一年だったが、当時、政治史関係のみならず、政治学全体で考えても、また名誉教授まで含めても、常時来られる先生の中では、斎藤先生が最長老だった。数えてみると、先生はまだ五十歳だったわけで、信じがたい話である。以後、しばしば研究会には顔を出されたので、私にとって政治学の最長老は一九七一年ころから三十年近く、ずっと斎藤先生だった。

No. 02259
THE SOUTH MANCHURIA RAILWAY CO., LTD.

年月日
譲受人氏名捺印

政治史研究会で一つよく覚えているのは、一九七八年ころ、御厨貴君が報告したときのことである。研究会の司会役をしておられた斎藤先生は、私と坂本多加雄君を呼ばれ、「このごろ発言者が『年寄り』ばかりで面白くない。もっと若い人に発言してほしい。といっても、すぐには難しいだろうから、次の御厨君の報告会では北岡君に最初にあてることにします。その次には坂本君、あなたが手を挙げてください」と言われ、実行された。今も研究会で若手の発言が少ないことを見るにつけ、先生のような心配りができていないことを恥じ入るばかりである。

ところで私の博士論文は、なぜ日本が大陸膨張へと進んだのか、それは日本の政治をどう変えたのかということを、陸軍を中心に論じたものだった。その後、私は日本の大陸政策に対する制約要因の方に興味を持つようになり、それはアメリカではないかと考えるようになった。そこで、アメリカの極東政策を勉強するために留学を希望し、国際文化会館の新渡戸フェローシップに応募したところ、幸い採用されて一九八一年から二年間アメリカに行くことになった。

その頃、アメリカの研究者事情に疎《うと》かったので、斎藤先生にご相談すると、即座に「同志社の麻田（貞雄）さんに会っていらっしゃい。電話しとくから」と言われた。当時、麻田先生とは一面識もなかった。がんらい無精で内気な私にとって、わざわざ見知らぬ人を訪ねていくことなど思いもよらなかったのだが、斎藤先生にそう言われて、すぐに京都へ行ったものである。ありがたいアドヴァイスだった。

私の専門は日本政治外交史だし、あまり英語には自信がなかった。ところが、一度だけ受験した

TOEFLの成績が意外によかったため、語学研修に入れてもらえない可能性があった。そのことをお話しすると、「ちょうど今度、日本の社会科学者で、まだ留学経験のない人のための特別の語学プログラムを始めることにしたので、ぜひ参加してください」と言ってくださった。渡りに船とはこのことで、是非にとお願いして入れていただいた。

その結果、八一年の七月から、コーネル大学で行われたエレノア・ジョーデン先生の特別語学研修プログラム(SPENG)に第一期生として参加させていただいた。あの楽しかった夏は忘れられない。立教大学に勤めて五年たち、学内の仕事をいろいろこなし、研究者としてもある程度の業績を上げているとき、いったん学生に戻り、他のことをすべて忘れて完全に自由な生活をさせていただいた。六週間のコースの終わりころ、その成果を見たいというので、全員スピーチをさせられ、そのビデオが国際文化会館に送られた。斎藤先生たちがどう思われたのか、汗顔の至りだが、実験プログラムとして始まったSPENGが中止もされずに長く継続されたことから考えて、われわれのビデオも不合格ではなかったらしい。

一九八七年に私は戦前の外交評論家の清沢洌《きよさわきよし》について伝記を書いた。清沢は家庭の事情で進学できず、労働移民としてアメリカにわたり、苦学してジャーナリストとなり、評論家になった人である。戦前の日本人ではもっともよくアメリカを理解した人だったと思う。先生も、清沢の本を何冊か読んでおられたらしく、私の本も関心を持って読んでくださった。「(斎藤先生の恩師である)高木(八尺)先生みたいに、東部のエリートしか知らないような日本のインテリは、とてもこういうたくましい人にはかなわないね」というお言葉を覚えている。

一九九一年に、斎藤先生の古希のお祝いの会があった。当時、新聞のコラムにも書いたが、先生はスピーチの中で、自分は今まで人のためにいろいろやってきたが、肝心の研究では十分なことができていない、これから研究に専念したいと言われた。斎藤先生のような誰もが認める碩学《せきがく》がそんなことを言われたことに、みな驚いて、座がシーンと静まり返ってしまった。自らを省みて、恥ずかしいと思わない人はなかったと思う。

断片的な思い出を書き連ねると、先生のご親切があらためて身にしみる。そんなに頻繁にお会いしたわけでもないし、用事もなく押しかけるほど私も図々しくはないのだが、ほんのちょっとした会話の中で、ただちに、いつも、あふれるような善意のこもった助言をしてくださった。ご専門の分野では厳しいご指導もあったのだろうが、先生にとっては隣接分野にいたせいか、無知で生意気で引っ込み思案で気の利かない若者を激励し、引き立ててくださったことを、私は忘れることができない。その背景には、ニューギニアでの従軍は言うまでもなく、幾多の苦しい思いをされたことがおありだったと思う。研究は楽しいこともあれば苦しいこともある。立教大学在職中に非常勤講師をお願いしたときには、専任教員はほとんど誰も行かない始業前礼拝に時々来ておられた。

斎藤先生は若いころ、観光客が行くようなところには行かないという方針を立てられたという。結局、エンパイア・ステート・ビルもナイアガラもグランド・キャニオンも行っておられないと思う。のちに「あれは間違いだったね。今更はじめて行くわけにもいかないし」と言っておられた。

そのころのアメリカ研究は、それだけ真剣そのものだったのだろう。

福沢諭吉は、広い意味の外国との関係を外国交際とよび、日本の困難はそこにあると述べている。近代日本の外国交際の難しさが、行きついたところが戦争だった。

先生は、アメリカ研究が白眼視された時期に研究を始められ、アメリカとの戦争に動員され、復学され、浮ついたアメリカブームに違和感を持ちつつ研究を進められた。いろいろな意味で外国交際の難しさを体験しつくされたのかもしれない。先に述べた禁欲的な研究方針には、われわれのような後進とはまったく違う覚悟がおありだったのだろう。

私も日本政治外交史という専門上、近代日本の外国交際を対象とするのみならず、国連大使になって外交の現場に行き、外国交際の難しさを痛感してきた。軍事大国のときも難しかったし、経済大国になっても難しい。そう言っているうちに、いつか国民は内向きとなり、日本は衰退への道を歩み始めている。

そこから抜け出る特別の道があるわけではない。もう一度、これまで日本が歩んできた道を誠実に振り返ることから始めるしかないだろう。日本政治外交史という専門は、そういう責任を負っていると、近年とくに痛感している。この分野の一学徒として、日本のもっとも重要な隣人であるアメリカという存在に引き合わせてくださった斎藤先生に、あらためて心からの感謝を申し述べたいと思う。


(『斎藤眞先生追悼集　こまが廻り出した』非売品、東京大学出版会、二〇一一年)

あとがき

この本は、大部分、私がこの三、四年のうちに書いたエセーを集めたものである。

第一章の大部分は、新潮社の『フォーサイト』誌に連載した「外交的思考」から採った。これは、国連大使としてニューヨークにいたとき、同誌に連載していた「イーストリバーを見下ろす書斎から」というエセーの続編である。また第三章は、二〇一〇年の七月から十二月まで、『日本経済新聞』夕刊のコラム欄「あすへの話題」に連載したものである。その他に、いくつかの本の解題や、お世話になった方を追悼する文章なども収めた。

タイトルは、ご覧のように「外交的思考」となっている。『フォーサイト』の連載にこの言葉を選んだとき、とくに深い考えがあったわけではないが、今では割合気に入っているので、本書のタイトルにも使うことにした。

外交の基礎は何といっても正確な現状認識である。出来る限りの情報を速やかに集めて客観的に評価することが出来なければ、的確な外交は出来るはずがない。そして、もう一つの外交の基礎は歴史である。歴史は、想像力をはばたかせて、われわれを目の前の現実を越えた世界に導き、他方で、人間と社会の限界についても教えてくれる。清沢洌が、外交史の知識に基礎付けられない外交政策や外交世論は「根のない花である」と述べたのは、核心をついている。

そうしたものの上に外交は展開される。むろん軍事力や経済力の格差によってどうしようもないこともある。しかし、むき出しの力に訴えることなしに、相互が納得する合意に達するための技術としての外交は、やはり重要だ。それはしばしば知的格闘技である。そして外交官が最終的に評価されるのは、その格闘力とともに、誠実さであり、尊敬される立派な紳士淑女であり、知識人、教養人であることなのである。

そう考えると、私が研究してきた日本政治外交史という分野と、現実の外交とは、かなり近いところにあると言ってもいいだろう。学問の世界はそれこそ知的格闘の場だし、正確な知識、堅固な論理なしに学問の発展はありえない。また、学問においては、自分自身が目立つことよりも、真理の方が大切だ。この点も私利を超えて国益に奉仕する外交官と似ている。そして、私は教育において、専門知識を教えるとともに、学生諸君が尊敬される紳士淑女であってほしいと願ってきた。現実に外交に従事していた頃、私は自分が本分を遠く離れたところで場違いなことをしているという感じをあまり持たなかった。それは以上のようなことに起因するのかもしれない。

本書で論じたテーマは多岐にわたるが、この本を手にとってくださった方が、外交や、学問や、教養や、人間について想いを馳せてくだされば、これほど嬉しいことはない。

この本を、これまで私と講義や演習で付き合ってくれた諸君に捧げたいと思う。

二〇一二年一月

北岡伸一

［著者略歴］
北岡伸一（きたおか・しんいち）

東京大学大学院法学政治学研究科教授
1948年奈良県生まれ。東京大学法学部卒業、同大学院法学政治学研究科博士課程修了、法学博士。立教大学法学部教授などを経て1997年より現職。この間、日本政府国連代表部次席大使、日中歴史共同研究委員会日本側座長などを歴任する。『日本陸軍と大陸政策』（東京大学出版会）、『清沢洌』（中公新書、サントリー学芸賞）、『日米関係のリアリズム』（中公叢書、読売論壇賞）、『自民党』（中公文庫、吉野作造賞）、『政党から軍部へ』（中央公論新社）、『国連の政治力学』（中公新書）、『グローバルプレイヤーとしての日本』（NTT出版）、『日本政治史』（有斐閣）など著書多数。2011年紫綬褒章受章。

外交的思考

二〇一二年二月二日　初版第一刷発行

著者　北岡伸一
発行者　千倉成示
発行所　株式会社 千倉書房
〒一〇四－〇〇三一
東京都中央区京橋二－四－一二
〇三－三二七三－三九三一（代表）
http://www.chikura.co.jp/

印刷・製本　中央精版印刷株式会社
造本装丁　米谷豪

ISBN 978-4-8051-0986-1 C0031